私を自分のものにした責任とってよね
～シロもそう思います～

火海坂 猫

GA文庫

カバー・口絵・本文イラスト
うなさか

プロローグ

そこはどこにでもあるような小さな喫茶店《きっさてん》。昼下がりということもあり店内の客はまばらで落ち着いた雰囲気を漂わせていた…………そんな店内の奥の方の席に一組の少年少女が向かい合わせに座っていた。

「…………美味《うま》いか？」

一人は見たところ高校生くらいだろうか。特筆して特徴のない少年だ。強《し》いて言うなら思春期特有の溌剌《はつらつ》さがなく、どこか落ち着いた雰囲気を持っている。そんな彼はやや呆《あき》れたような表情で目の前の少女を見ていた。

「はい、ニーサマ」

その少女は真っ白な髪をしておりその肌も驚くほどに白い。さらにはその表情すらも白く無表情で、答える言葉もどこか抑揚がない。そんな少女の前には大量のケーキが置かれており、彼女は淡々とそれらを口へと運び続けていた。

「シロは甘くておいしいと思います」

無表情にそう答え、止まることなく少女は食べ続ける。

「まあ、お前が満足してるならいいけど」

嘆息しつつも少年はそれを受け入れる。

プルルルルルルルルルルル

と、不意に着信音が周囲に鳴り響く。それに少年は少女から視線を外して懐《ふところ》からスマートフォンを取り出す。

「もしもし」

そして着信相手を確認すると通話の状態にして話しかける。すると聞こえてくるのはいくつかの事務的な伝達事項。それはこの穏やかな時間の終わりを告げる内容であり、少年自身の目的にわずかながら近づく内容でもあった。

「その依頼了解した。データで資料を送っておいてくれ、準備ができ次第目標に向かう」

なので特に異論をはさむことなく少年はそう応えて通話を切った。

「ニーサマ、仕事ですか？」

いつの間にかケーキを食べる手を止めていた少女が少年へと尋ねる。

「ああ、詳しい情報を受け取ったら準備して出発だ」

「はい、ニーサマ」

それに少女は頷《うなず》く。

「シロはニーサマのためならいつだって行動の準備はできています」

まっすぐに、無表情に少女は少年を見つめる。その目は先ほどまで淡々と食べ続けていたケーキへと揺らぐことはなく、その表情からは未練も微塵《みじん》も感じられない。

「いや、そこまでの急ぎじゃないよ」

けれど少年はそんな少女へと苦笑してみせる。

「ケーキを食べる時間くらいあるさ……残すのももったいないしな」

「はい、ニーサマ」

表情は変わらず少女は頷く。

「シロはケーキを食べます」

そして再びスプーンを手に取って黙々とケーキを食べ始める。そんな少女を見ながら少年も残っていたコーヒーを手に取った。

今はまだ、穏やかな時間は残っている。

禁忌《きんき》とされる知識がある。その多くは社会的なタブーであったり道義的な問題を抱える知識がほとんどだ……しかしその中には知ること自体が毒になるような知識も存在する。蓄えるだけで精神を圧迫しその心を歪《ゆが》ませるような知識。蓄え続ければやがてその心は砕け散りその身すらも人でないものに変えてしまう。

しかし禁忌の果実ほどとても甘いもの……人はそれを食べるための努力をしてしまう。

「ああクソっ」

そこは窓のない薄暗い一室。その中で男が一人毒づいている。年齢はすでに盛りを過ぎて中年に差し掛かり、髪にも白いものが多く交じっている。背丈《せたけ》は高めだが体は細く、まるで大病でも患《わずら》ったかのように肉が落ちて痩《や》せ細っている。

「失敗だ！」

男が叫ぶ。その周囲はむせ返るような血生臭さだというのに男には気にした様子もない。それもそのはずで男の目の前には手術台のような無機質な台座が一つ、そしてその上には今しがた切り刻まれたであろう少女の無残な死体が鎮座していた。それを成したであろう男の手も血塗《ちまみ》れで、とうの昔に男の鼻は臭いに慣れてしまっているのだろう。

「クソクソクソクソクソクソクソクソクソっ！」

苛立《いらだ》つように男は繰り返す。

「なんでだ、なんで失敗する！」

叫び、真横へと顔を向ける。そこにはメイド服を着た銀髪の少女が無表情に立っていた。男が手術台の少女を切り刻んでいた間もそこにいたのか、そのメイド服は飛び散った血でところどころが赤く染まっている。

「なんでお前のようにできないっ⁉」

そんな少女へと男は詰め寄り、叫ぶ。

「…………」

しかし間近で叫ぶ男にも少女はその表情を変えない…………無機質な瞳《ひとみ》で男を見返すだけだ。

「私は、これへとお前と同じ知識を完璧《かんぺき》に刻んだはずだ！」

男も最初から少女の反応を期待していないのかそんな態度を気にも留めない。ただ憤《いきどお》りのままに自分の言いたいことだけを口にしてその手に持っていたメスを振り上げる…………そしてその視線を手術台の死体へと戻した。

「だったら悪いのはこの素材だっ！」

メスが振り下ろされ、無残な死体をさらに傷つける。

「そうだ、私は間違っていない！　この素材がゴミだからいけないんだ！　このゴミさえしっかりしていれば成功していたはずだ！　こいつのせいだ……このゴミめ！　ゴミゴミゴミゴミゴミゴミゴミゴミゴミっ！」

癇癪を起したように男は再び死体を滅茶苦茶《めちゃくちゃ》にメスで突き刺す。そして最後には見ることすら嫌だというようにその死体を手術台の上から薙《な》ぎ払《はら》った。ばらばらと、無残なその死体はいくつかに分かれて手術台の向こうへと落ちる…………残ったのはべっとりと張り付いた広い血の跡とわずかに残った人の残骸《ざんがい》。

その光景に満足したのか男はふうと息を吐いてその表情を落ち着かせる。

「まあいい、次だ」

そしてそう口にする。

「今度はこんなゴミではなくもっと極上の素材を用意すればいい…………そうすれば成功するはずだ。こんなゴミのような失敗など起こらない」

その自分の言葉に満足するように男は唇を吊《つ》り上《あ》げる。次、そう次がある。今回は失敗したが次で成功すればいいだけ…………先ほどまでの憤りも完全に忘れて、男の心中は次への希望で溢《あふ》れていた。


「…………そんなわけないだろ」

その希望を否定《ひてい》するように不意に誰《だれ》かの声が男の耳に届く。

「だ、誰だ⁉」

思わず男が叫ぶ。ここは自身の屋敷にある地下室。それも入り口は巧妙に隠してあるから間違って入り込むような場所ではない……そもそも彼の屋敷には彼以外の人間など存在しないはずなのだ。

「お前の行いが成功しないのは素材のせいじゃない……お前の頭がおかしいからだよ」

声の主《あるじ》は男の疑問には答えず、自分の言葉を続けた。その声にようやく男がそちらへ視線を向けると地下室の入り口の扉の前に少年とその傍《かたわ》らに立つ少女の姿が見えた。少年の方はどこにでもいそうな高校生といった感じだが、少女の方は一瞬目を疑うほどに白い。

「わ、私のどこがおかしいと言うんだっ⁉」

しかしそんなことも気に留めず声を荒らげる男に、少年は肩をすくめる。

「人間の体に直接知識を刻んで魔導書を作るなんて無理に決まってるだろ。それをおかしいと思わない時点でおかしいんだよ」

それは正常な判断ができていないということだから。

「現にお前は、哀れな犠牲者を作っただけだ」

少年の視線の先には血塗れの手術台があった。

「ち、違う！」

男が大きく首を振る。

「あれは素材の問題だ！　素材がゴミだったから悪いんだ！　あのゴミが適した素材であった

なら私の試みは成功していたはずなんだ！」

「………はぁ」

血走った目で叫ぶ男に少年はため息を吐《つ》く。

「そうやって一体何人殺した？」

「何、人？」

尋ねる少年に男はわずかに首を傾《かし》げる。

「お前は何を言っているんだ？　私が失敗したのは一度だけだ………そう、一度だけだ。その一度の失敗もあれがゴミだったせいだ。だから次の実験で私は成功する。そうだ、成功するのだ！」

「………」

再び希望に満ちた表情を浮かべる男に、やはり少年は冷めた視線を送る。

「まあ、会話が成立するとは期待してなかったよ」

事前に貰《もら》った情報では付近での失踪《しっそう》者は十人近い。男は今まで自分が犠牲にした相手のことを忘れているのか理解できていないのか………まあ、それはどうでもいいことだ。男のことを理解することはできない………そしてこの世には理解してはいけないこともあるということを少年はよく知っている。

「シロ」

男への視線を外さぬままに少年は傍らの少女へと声を掛ける。

「はい、ニーサマ」

白い少女が少年へ視線を向ける。

「予想はしてたがこいつは叡智《えいち》の書とは関わりがなさそうだ」

「そのようです、ニーサマ」

少女が同意する。

「だからまあ、後は依頼された仕事をこなすだけだな」

「はい、ニーサマ」

再び少女は頷き、その視線を男へと向ける。そこでようやく男は少女の存在に気付いたとでもいうようにまじまじと彼女を見た。

「そ、それは魔導書か……………？」

驚愕《きょうがく》したように男がシロを指さす。

「そうだ」

答える必要もないが少年は肯定する。

「白紙の題名を持つ…………お前の所有する彼女と同じ魔導書だよ」

少年が男の隣のメイド服の少女に視線を向ける。彼が現れた時からもずっと少女はその表情を変えていなかった。それどころか彼を一瞥《いちべつ》すらしていない。ただ何をするでもなく男の隣に立っているだけだ……恐らくは、そう命じられていたから。

「はっ、そうか！　魔導書か！　魔導書なのか！　ははは　っ！」

　けれど男はそんな少年の目線も気にすることなく歓喜の表情を浮かべる。彼にはもう自分の聞きたいことしか聞こえないのだろうし、理解もできないのだろう。その歪《ゆが》んだ心は己《おのれ》の望んだ世界しか見ることはできないのだから。

「やれやれ」

　そんな男に頭を振り、少年はそれでも口を開く。

「意味がなくとも一応名乗っておく」

　それが最低限の礼儀であってこれから行うことに対する少年の責任だから。

「俺《おれ》は黒鳥司《くろどりつかさ》、所有するのは白紙の魔導書たるシロ」

　少年……司は真《ま》っ直《す》ぐに男を見据え

「お前に…………いや、この世ならざる知識全《すべ》てに終わりをもたらすものだ」

　そう、宣言した。

　目の前の男と、少年が相対するその全てへと向けて。

「ははは、そうだ！　そうすればいいんだ！　それが足りなかったんだ！」

司の宣言などもちろん男は聞いていなかった。彼は彼の思うままに歓喜の声で叫び、血走った目でシロを見やる。

「それだ、その魔導書だ！　その魔導書の知識さえ加われば私は完璧な魔導書を作り出すことができる！　失敗など起こらない！　知識だ！　そうだ知識が足りなかったんだ！」

「…………」

叫ぶ男に司は無言で懐から剣の柄《つか》のようなものを取り出す。形状からすればそれは西洋刀のようだが鍔《つば》はあっても肝心の刀身が存在しない。それは一見すれば子供のチャンバラにも使えないようなただのガラクタでしかなかった。

「その魔導書は私だ！　私のものだ！　よこせ！　この私に！　それで完成する！」

「しねえし、やらねえよ」

はあ、と司はため息を吐く。

「俺はシロを誰かに譲るつもりはないんでね」

きっぱりと断る。

「そうです、シロはニーサマのものですから」

それにシロも続けてそう口にする。その表情にやはり変化はないが、その口調はどこか喜んでいるように聞こえなくもなかった。

「…………………………」

男は少しの間呆《ほう》けたように二人を見て
「なら、死ね！」

そう叫んだ。

「断る」

返答とともに司はその手に握った剣の柄を勢いよく振った…………すると金属が擦れる音とともにその刀身が伸びて現れる。恐らくは玩具《おもちゃ》によくあるプラスチックの伸びる剣に似た構造なのだろう…………それはつまりその刀身は継ぎ目だらけでとても脆《もろ》くできているということになる。それでは一度斬《き》ることに耐えうるか無いかのレベルだろう。

そんな刀身に司は左手の指先を当てる。よく見ればその刀身には何かがびっしりと刻まれていた。それは文字にも紋様にも何かの絵のようにすら見える奇怪なもの。その上を指先でなぞるように司は刀身の根元から切っ先まで走らせた。

「っ」

と、頭痛でも起きたように司がわずかに顔をしかめる。しかし刀身には特に変化はない。ただ刀身の繋《つな》ぎ目から振動とともに聞こえていた金属の擦れる音がぴたりとしなくなっただけ。

「はは、そんなもので私に抵抗できるとでも？」

剣を握る司を男が嗤《わら》う。

「氷雪《ひょうせつ》っ、殺せ！　その小僧が死ねばあの魔導書は私のものだ！」

「命令を受諾しました」

言葉とともにぎゅるりと氷雪と呼ばれたメイド少女が司へと顔を向ける。無機質な瞳。そこに感情はなく、ただ司を命令通りその生命活動を停止させる対象とだけ認識している。故《ゆえ》に躊躇《ためら》うことなく氷雪はそれを実行する。

「第三章、氷槍の記述による魔術を行使します」

不意に氷雪の体が蒼《あお》い燐光《りんこう》を放つ。そしてそれが消えると同時に彼女の周囲に無数の太く大きなつららが出現し……それが即座に司へと向けて放たれる。それはまさに投擲《とうてき》された氷の槍《やり》で司の全身を串刺しにするには充分すぎるくらいの質量と速度を持っていた。

「空壁の記述による魔術を実行」

けれどそれはまるで透明の壁に阻《はば》まれたように司の眼前で弾《はじ》かれる。それを成したのは彼の肩越しに前へと手を伸ばす少女、シロの無機質な瞳が氷雪へと向けられていた。

「ニーサマには、シロが傷一つ付けさせません」

抑揚もなく、淡々としたその言葉はけれど力強い。

「シロ、あっちは任せた」

そんなシロに司は薄く笑みを浮かべ、告げる。

「こっちが片付くまで相手しててくれ」

「はい、ニーサマ」

頷くと同時にシロは司の脇《わき》をすり抜けて跳ぶ。いったいその華奢《きゃしゃ》な体にどれだけの力が秘められているのか……彼女は一足飛びに氷雪へと距離を詰め、そのまま氷雪自身に着地して跳び蹴《け》りの形で吹っ飛ばした。

ドゴォ

地下室は結構な広さではあったが走り回るような運動ができるほど広いわけでもない。数メートル吹っ飛ばされたところですぐに壁にぶち当たり、氷雪の体は一瞬磔《はりつけ》になって壁へ罅《ひび》を作る。

そしてそのまま床へと倒れ落ち……けれど何事もなかったように氷雪は立ち上がる。

「障害を認定。一時的にそちらの排除を優先します」

ダメージがないわけではないのだろう。明らかにその動きはぎこちない。しかし痛みはないのかその表情は変わることなく視線をシロへと向けて……その姿がすでに眼前に迫っていることを確認した。

「シロはニーサマにあなたを任されました」

跳んできた勢いを乗せて氷雪の肩をがっしりと摑《つか》み、シロはそのまま彼女を壁へと叩《たた》きつける。再びの轟音《ごうおん》。それでも氷雪は表情を変えないがシロは彼女の肩を摑む手を固く離さない。

「ニーサマが片付けるまであなたにはシロの相手をしてもらいます」

「第五章、凍結の記述による魔術を行使します」

シロの言葉に構わず、氷雪は障害の排除のために自身に刻まれた記述を実行する。言葉とともに少女の体が蒼く燐光し、それが消えると同時にその体が不意に冷気を帯びる。

「熱波の記述による魔術を実行」

それに合わせるようにシロも己に刻まれた記述を実行する。

互いに無表情………けれど決定的に違う二人の少女が静かに相争う。

「で、どうする？」

男の頼みであった氷雪はシロが抑え込んでいる。後に残るのは剣を握った司と何の武器も持たない男だけ……司と男の距離は離れているが、シロほどの脚力がなくとも数歩駆ければ間合いを詰められる程度の距離だ。

「ひ、ひひ」

それに男は引きつった笑みを浮かべる。相変わらずその目は血走っていて、それはとても諦《あきら》めからの自虐の笑みには見えなかった……そして男は何かを口早に呟《つぶや》く。

「　　　　　　　　　　　！」

男が何を言ったかを司は理解できなかったし聞こえもしなかった。けれどそれを聞いただけでぐらりと視界が揺れて一瞬目の前がかすむ。

「ぐっ」

歯を食いしばって意識をはっきりさせる。即座に状況を確認すると男の周囲に無数の大きなつららが出現していた。それは先ほど氷雪が行使したのと同じ魔術……いや、つららの数自体は彼女よりも多い。

「ひゃはあ……死ねっ！」

男が叫ぶとともにつららが一斉に司めがけて直進する。それに司は即座に自身の握る剣の刀身を胸の前で水平にし、先ほどと同じようにその指を刀身へと伸ばして触れる。それが先ほどと一つだけ違うのはそれがさっきとは反対側の面を触れているということ……それ以外は同じように刀身の根元から切っ先へと一気に指でなぞっていく。

「っ」

その光景を傍《そば》から見たならば着火した、と表現するだろう。わずかな頭痛に顔をしかめながらも、司の指が触れたその先から刀身が赤熱し炎が噴き上がる。

ヒュッ

着火を終えると同時に司はその剣を振るった。すでに間近に迫っていたつららのいくつかがその剣に触れて瞬時に蒸発する。さらにはその剣から広がった炎に残るつららも炙《あぶ》られて勢いを失い、地面へと落ちて水になった。

「ひゃひゃっ…………ひゃ？」

「ふっ」

男がその異常に気づく前に司はその距離を詰めた。そしてその勢いを殺さず剣に乗せて呼気とともに司は男を斬りつける。左肩から斜めに心臓を抜ける袈裟《けさ》斬り。肉も骨もまるで抵抗など存在しないように深々とその剣が男の体へと沈み込んでいく。

「がっ⁉」

男の一瞬の呻《うめ》き、しかしそれはすぐに自身の体から噴き上がった炎によって塞《ふさ》がれる。それを確認すると司は即座に剣を引き抜いて男の体を突き飛ばすように蹴った。もはや抵抗することすらできない男は燃えながら後退し………血塗れの手術台へとぶつかって倒れ込む。

　それから数秒と経《た》たないうちに男の体は完全に黒く焦《こ》げて炎は消え去った。


「シロ、終わったぞ」

　男が完全に動かないのを念のために確認してから司はシロの方へと歩み寄った。

「はい、ニーサマ」

　その声に反応してくるりとシロが司の方へと体を向ける。その表情は先ほどまでと全く変わらぬ無表情のままで、その体にも傷らしきものは見えず異常もなさそうだった。

「大丈夫か？」

　それでも司はそう尋ねる。

「はい、シロには何の異常もありません………シロの全ての機能は問題なく正常に働いています」

「そうか」

司は呟いてシロのその頭へと手を乗せる。

「ごくろうさま」

そして子供を褒《ほ》めるようにその頭を優しく撫《な》でた。

「はい、ニーサマ」

やはりその返答は単調で、けれどシロは司のその手を身じろぎすることなく享受《きょうじゅ》する。

「と、その魔導書を何とかしないとな」

思い出したように司がシロの後方へと視線を向ける。そこにはメイド服の少女が壁に押し付けられたままの体勢で立ち尽くしている。その目は開いているがどこを見るでもなく、司とシロのことを気にしている様相すらない。

「シロ、彼女に損傷は与えたか？」

シロの頭から手を離して司が尋ねる。

「…………いいえ、シロは彼女に損傷を与えてはいません」

その返答がわずかに遅れたのは判断の時間か、それとも別の理由によるものか。少なくともその変わらぬ表情から読み取ることはできない。

「シロはニーサマが片付け終えるまで彼女を抑えてその魔術を相殺《そうさい》することに集中しました」

だからシロにも相手にも表立った傷はない。蹴り飛ばし、抑え込む際に多少の衝撃を与えはしたが、あの程度は魔導書にとっては大した損傷ではない。

「なら今の彼女は所有者の喪失による停止状態か」

虚空《こくう》を見つめる、氷雪と呼ばれた魔導書を司が見る。

「はい、シロもその通りだと判断します」

それにシロが首肯する。

「なら、いつも通り回収するか」

「はい、ニーサマ」

もう一度頷くとシロは司の後ろへ回り、彼の背中へと抱き付く。その表情に変化はない。けれど彼女はその背中へ顔まで押し付けるようにしっかりと抱き付いていた。その姿は抱き付くというよりへばり付くと言った方が正しいかもしれない。

「…………」

一方の司はそれに少しばかり恥ずかしそうな顔をしつつも、息を吐いてそれを消す。

「じゃ、始めるぞ」

「はい、シロはいつでも大丈夫です」

返答を確認して司は氷雪の頭へと手を伸ばす。

彼女を、自身のものにするために。

一章　その退屈は強制終了しました

chapter 1

book texts fragments manuscripts

　蒼空叶《あおぞらかの》はごく普通の高校生の少女だった。特別な血筋や才能があるわけでもなく、公務員である真面目《まじめ》な両親の間に生まれた。そしてそのまま大きな不幸に見舞われることもなく順調に成長して良い友人にも恵まれた…………それは特別ではないが平穏で幸せな人生。

　しかしそんな平穏の反動か彼女はいつしか毎日を退屈に感じ、刺激を求めて行動するようになる…………けれどそれすらも特別なことではない。なぜなら多かれ少なかれ誰《だれ》しも同じようなことを感じているものだ。そしてその退屈を人それぞれに娯楽や趣味で解消している…………それが彼女の場合は少しばかリ自分に正直で、少しばかり行動力があり過ぎたから表立って見えてしまっているだけだ。

　ただ――

「うー…………」

　教室の自席の机で突っ伏して叶は唸《うな》る。刺激を好む彼女にとって学校というのは実に退屈な場所だ。別に友人はちゃんといるし、勉強だって嫌いな方ではない。勉強することは習慣として身についているので成績はむしろ上位だ。

単純に、学校というものは刺激が少ないのだ。基本的に毎日が同じサイクルの繰り返し。授業内容は日々変化していくがそれは予定通りのものであって刺激ではない。校則と教師による監視のある場では人間関係だってハプニングはそう起こらない…………むしろ起こってもそれは楽しい刺激とは言えないことばかりだ。

「叶、もうすぐＨＲ《ホームルーム》始まるよ？」

「別に寝てないよ、雲雀《ひばり》」

友人の声に叶は顔を上げて隣を見る。そこにはショートカットで化粧が薄めのいかにも活発少女ですと言わんばかりの叶とは対照的に、清楚《せいそ》でどこぞのお嬢様というような雰囲気の長髪の少女が座っている。

天戸《あまと》雲雀。その見た目の印象通りの家柄であり叶とは長い友人だ。性格も反対に彼女はおとなしく内向的。そんなお互い真逆な性質が逆にぴったりと合ったのか、出会った当初からずっと親友と言っていい間柄が続いている…………内向的な彼女を叶が引っ張って連れ出すのはもはや休日の恒例で、雲雀の両親にも随分とよくしてもらっている。

「また退屈？」

だから雲雀も叶のことならよくわかっている。

「うん、やっぱり学校生活は私にとって退屈すぎるよ」

別に登校拒否がしたいくらい嫌なわけではない…………ただ時折その退屈さに思わず辟易《へきえき》してしまうタイミングがあるのだ。

「私はそれがいいんだと思うけどなあ」

そんな叶に雲雀は逆の意見を述べる。

「変わり映えがしないから安心できるんじゃないかな」

そんな毎日だからこそ明日に怯《おび》えなくて済むのだろうと雲雀は思うから。

「そう思える雲雀が羨《うらや》ましいよ」

叶にはそう思えないから退屈を感じてしまう。

「別に私だってずっと変わり映えしないのがいいとまでは思ってないけど」

だからこそ雲雀は半ば強引《ごういん》に自分を連れ出す叶に不満を述べず付き合っているのだ。結局のところ何事もバランスの問題だと雲雀は思う。刺激があるからこそ変わり映えのしない毎日をありがたく思うし、その逆もまたしかりだ。

「まあいいよ、我慢する………その分今週末は思いっきり羽を伸ばすから」

そして叶も退屈な日々を過ごすからこそ刺激を楽しめるのだ。

「また心霊スポット巡り？」

「うん、目をつけてるところがあるの」

最近の叶の趣味は雲雀の言った通りの心霊スポット巡りだ。刺激を好む彼女にとってオカル

ト関係は非常に親和性が高かった。心霊番組や超常現象などを扱った番組などを好んで見るしそういった文献も集めている。実在を確信しているわけではないが、ああいったものはその情報を見て想像するだけでもわくわくすることができる。

そしてそんなオカルト好きが高じてしまい、最近はついに直接現場へ赴《おもむ》く心霊スポット巡りを行うようになっていた。

「私はあんまり好きじゃないんだけどな…………怖い雰囲気ばっかりだし」

「それがいいんじゃない」

怖くなければ心霊スポットではない。しかし雲雀はそういうものが苦手な傾向なようで叶もそういった場所へ行くときは、彼女を無理には連れ出してはいない。

「そうじゃなくて犯罪とかの危険もあるでしょう?」

どちらかといえばそういう不安の方が雲雀は大きいらしい。

「私だってそれくらいちゃんと調べてるもん」

真面目な両親の影響からかその辺は叶もしっかりしている。

「夜とかには行かないし、廃墟《はいきょ》とか立ち入り禁止の場所は当然近づかないって」

「…………でもやっぱり一人だと危ないと私は思うの」

大事な友人だからこそ雲雀は心配に思う。特に叶はその活発さとは裏腹に体格は小柄で年齢よりも幼く見える。よからぬ輩《やから》にも与《くみ》し易く見えることだろう。

「先週だって私が用事で行けなかったから一人で行ったんでしょう?」

真面目な表情で雲雀は叶を見た。それに一瞬叶は怯《ひる》むが反論するように口を開く。

「あそこは心霊スポットて言ってもちゃんとした墓地だよ………それに」

「それに?」

「それに………えっと」

先週の出来事を叶は思い浮かべ、なぜだか一瞬思考が止まってしまった。

ガラッ

しかしその理由を考えるよりも早く教室の扉が開き、

「おはよう」

「………おはようございます」

見知らぬ男女の組み合わせが教室に入って来る。それに叶は他《ほか》のクラスの人間が誰かに用事があってやって来たのだろうと思った。同じ学年でも違うクラスの生徒とは交流の幅も狭く知らない相手がいても不思議ではない。やたら白い印象の少女の方は目立つし見覚えがあってもよさそうだが………まあ、そういうこともあるだろう。

「………」

しかし目を引く。男子生徒の方は別段特徴といった特徴もないのだが、白い少女が彼に寄り添うように立っているので自然と目を引き付けられる……あ、よく見ると少女は男の方の服の裾《すそ》を小さく摑《つか》んでいた。表情は乏しいのにその仕種《しぐさ》のせいでとてもいじらしく見える。

「黒鳥《くろどり》は今日も兄妹仲良くご登校か。相変わらずお熱いね」

「からかうなよ」

そんな彼らはクラスの人間と軽口を交わしながら自然な仕種で空席へと腰掛けた。叶の記憶が確かならそこは確かここ最近休んでいるクラスメートのものだ。しかし二人の周りのクラスメートはそのことに疑問を抱く様子もなく二人に話しかけていた。

「ね、ねえあの二人って誰？」

不思議に思って叶は雲雀へと尋ねる。

「黒鳥さんたちがどうかしたの？」

すると雲雀も二人のことを既知であるように答えを返す。

「どうかしたっていうか……誰？」

黒鳥なんて名字に記憶がない。

「えと、叶それ本気で言ってるの？」

雲雀の表情は呆《あき》れるというよりむしろ心配に近かった。

「先週このクラスに転校してきた黒鳥司《つかさ》君とその妹のシロさんじゃない」

「え…………先週？　転校？」

全く記憶にない話に叶は目を白黒させるしかない。

「…………やっぱり、叶すごく疲れてるんじゃない？」

労《いたわ》るような視線を雲雀が送ってくる。自分を騙《だま》したりからかおうとしている表情ではなかった。そもそも雲雀がそんな風に叶を騙したりなんてしないことを叶は長い付き合いでよくわかっている。

「え、ううん！　そんなことないよ！」

それに慌《あわ》てて叶は首を振る。

「あはは、なんだか寝ぼけてたみたい！　黒鳥司君にシロさんね！　うん、ちゃんと覚えてるよ…………あはははは」

ごまかすように叶は笑う…………もちろん、記憶にないことを覚えているわけもない。ただ本能的にここはごまかすべきだと判断しただけだ…………だって彼女の親友である雲雀は本気で叶に何か異常があるのかと心配していた。あれ以上本当に知らないと正直に喋《しゃべ》っていたら彼女は叶のために強引にでも病院に連れて行っただろう。

どうやら、叶の予想しなかった形で退屈は終わりを告げたらしかった。

初めて通う高校に初めて入る教室、そして今日初めて会ったクラスメートたち。そんな彼らとまるで既知であるように会話を交わしながら彼、黒鳥司は内心でため息を吐《つ》いていた。

「ニーサマ、お疲れですか？」

そんな彼の心情を察したように隣の席に座るシロが声を掛けてくる。

「先週に一つ仕事終えてこれだからさすがに、な」

元凶はそう、受けた依頼を果たしてその事後処理を頼んだ直後にかかってきた電話だ。それは新たな依頼の電話だった………普通なら断りたいところだったがそれは久方ぶりに話す知己の相手からで、しかも司の本来の目的にも合致した内容だった。

問題はその依頼の遂行のためにはこの高校へ潜入する必要があったこと。学校というのは面倒な場所で閉鎖された空間の上に大勢の人間が密集している………つまるところ異分子は目立つのだ。だから目立たないように正式な生徒として入り込む必要があった。

とはいえそれは一般人の理屈でもある。一般人とは別の世界で生きている司には魔術という裏技も存在した。しかしその魔術というものは司にとってできればあまり使いたくない類《たぐ》いのものでもある。だからまあ気乗りはしないが生徒としての潜入を了承した………が、結局問題は解決しなかったのである。

これは少しばかり司が間抜けだったのだがシロという存在が問題だった。彼女は見ての通りの白髪に異様なほどに白い肌という非常に目立つ姿をしている。それに加えて掛け値なしに整った容姿をしており他者の好意を集めることも想像に難くない。

そして基本的にシロは司から離れることはなく、常に彼をニーサマとも呼ぶ。そんな状態で普通に転校生として潜入することは可能だろうか…………否《いな》だ。間違いなく注目されて潜入どころではなくなる。

「…………どうせ使うなら最初から使えばよかったんだよな」

しかしすでに手続きは済んでおりその段取りを崩すわけにもいかない。そんなわけで司は正式に生徒として転校しつつ魔術によってクラスメートたちの認識を操作した。二人は一週間前に転校してきた転入生であり周囲の興味もすでに収まっているという設定だ。もちろんシロの容姿にも司との関係性にも疑問を抱かないという暗示も加えてある。

それは司とシロに関する情報を歪《ゆが》める一種のウイルスのような魔術であり、二人に関する情報を第三者が認識するたびにそれを歪めていく。だから今はこのクラスの人間だけがその魔術にかかっているが、別のクラスの人間が二人の話を聞けばその認識も歪められる。もちろんそれは永遠に続く効果ではないが調査に充分な時間は続くはずだ。

「ところでニーサマ」

「ん？」

「教室に入ってからずっと見られていることをシロは報告します」

そう言ってシロはちらりと視線をその方向へと向ける。それを見て司もそちらへ一瞬だけ視線をやると確かに二人を注視しているような女生徒が見えた。

「………あれは確か、蒼空叶だったか？」

一応クラスの人間の顔と名前は事前に頭に入れてある。

「はい、ニーサマ。間違いないです」

シロがそれを肯定する。彼女の確認がとれればまず覚え違いということはない。

「魔術の効果はちゃんとある………よな？」

さっき男子生徒に話しかけられたが間違いなく効果は出ており、ちゃんと既知の相手と話すように振る舞っていた。周りを見てみても叶の他に司たちに注目しているクラスメートはおらずそれぞれいつも通りの朝の時間を過ごしている。間違いなく司とシロという異分子はこのクラスに違和感なく受け入れられている。

それらを鑑《かんが》みれば彼女だけが魔術の効果を受けていないというのは考えにくい。

「なんだろ」

そうなると司には見られている理由がさっぱりわからない。

「一目惚《ひとめぼ》れではないかとシロは推察します」

「いやいや」

　突然何を言い出すのかと司はシロを見る。確かに魔術の効果は主にシロに対する注目を緩和するための物だ。しかし自分で言うのもなんだが司は平凡な顔立ちをしており衆目を集めるようなものではない……どう考えても一目惚れなどされるはずがないと思う。

「俺《おれ》は誰かに好かれるような人間じゃないから」

　自虐するように司はそう口にする。

「シロは、ニーサマのことが好きです」

　それに即座にシロは返答した。無表情で、淡々とした口調で、けれど即座に。彼の裾を摑む手もより強くそれを摑んでいた。

「ああ、うん……ありがとな」

　それに司は苦笑して礼を言う。司はシロのことを妹のように思っている。だからそんな彼女から好きだと言われるのはなんだかくすぐったいような気持ちを覚えてしまう。それをごまかすように司は自然とシロへと手を伸ばして優しくその頭を撫《な》でた。

「…………」

　されるがままにシロはそれを受け入れる。

　その光景をクラスの中で叶だけがじっと見続けていた。

あの二人はおかしい。それが昼休みまでの間に叶の導き出した当然の結論だった。叶以外の誰もが彼らを既知の存在だと認識しているのもそうだし、なぜか突然教室内でいちゃいちゃしだしたのにそれを誰も気にも留めない…………というかみんな二人を兄妹だと認識しているのに、それが同じ学年に在籍していることに疑問を抱かないのだろうか？

仮に双子だとしたら不思議ではないかもしれないが、あの二人は双子と推察するにはあまりにも容姿が違い過ぎる。二卵性双生児だって一卵性ほどそっくりではないが、家族とわかるくらいには似通っているものなのだ…………しかしあの二人にはそういった同じ血筋という雰囲気を全く感じない。

と、いうか黒髪と驚くほどに白い白髪だ。肌だって司はごく普通に日本人の肌なのにシロの方は染《し》み一つない真っ白な肌。誰がどう見ても二人を兄妹だとは認識しない…………もちろん義理の兄妹という可能性だってあるだろう。しかしそれならば余計にあの二人の態度は衆目を集めるはずだ。仮にあの二人が一週間前からいたのだとしても、クラスの面々の二人に対する無反応は明らかに異常だ…………あんな光景にそんなすぐに慣れるわけがない。

「叶はご飯食べないの？」

そんな風に昼休みになっても二人を監視し続けていた叶へと雲雀が声を掛けた。いつもの叶なら昼休みになると同時に弁当を取り出して食べ始める。なのに今日は周りがすでに弁当を開いたり学食へ向かったりしているのにまだ微動だにしていなかった。

「…………」

雲雀のその声はもちろん叶にも聞こえている。聞こえているが今はあの二人のことの方が重要だった……なにせあの二人をおかしいと思っていないのは雲雀も同様なのだ。その原因があの二人にあるのなら彼女の親友として何とかする方法を見つけなくてはならない。

「あ」

そうこう考えているうちに視線の先で司とシロが立ち上がる。二人は弁当を用意していた様子もないから学食へ食べに行くのだろうか……そのまま教室の外へと歩いて行った。

「ごめん、今日は用事があるから他の友達と食べて！」

慌てて雲雀にそう声を掛け、自分の弁当の入った鞄《かばん》をもって立ち上がる。

「え、叶…………？」

「また後でね！」

呆気《あっけ》にとられる雲雀を置いて叶は教室を飛び出す。そしてそのすぐに周囲を見回すと目的の後ろ姿は見つかった。二人は急ぐこともなくのんびりとした歩調で廊下を歩いていく。けれどその方向は学食のある方向とは真逆だった。例によって司の服の裾をシロが掴んで寄り添うように歩き、それは明らかに目を引く光景なのに誰も気にする様子はない。

「これはきっと何かあるよね」

知らずのうちに叶はその唇を吊《つ》り上《あ》げる。叶の中で驚きがようやく通り過ぎ、これが彼女の望んだ刺激であることを認識し始める。

好奇心は猫をも殺す、そんな言葉は彼女の頭の中にはないのだから。

「さて、どうしたものかな」

「シロはニーサマに従います」

歩きながら司が呟《つぶや》き、それにシロが答える。後をつけている相手がいることに当然司もシロも気づいていた。結局朝からずっと叶は二人のことを注視していたから、教室を出てそれを追いかけてこないと考える方がおかしい。

「というか本当に何なんだ」

「やはり一目惚れだとシロは思います」

主張するようにシロが服の裾を引く。

「だからそれはないって」

なぜその可能性にこだわるのか…………この前暇つぶしにシロに渡した小説の中に恋愛小説が交ざっていたのが原因だろうかと司は思案する。

「他に考えられるのは？」

「彼女には魔術の効果が発揮されていないのではないでしょうか、とシロは思います」

「…………やっぱりそうなるよな」

そうでないとここまで叶に注目される理由が思い当たらない。しかし仮に彼女へ認識操作の魔術が通用していないのならばその行動は納得できるものだ…………むしろその状況で司たちを不審に思わなかったらその方がおかしい。

「でも何で彼女にだけ効かない？」

確かに与える影響を考慮して司は魔術の効果としては弱いものを選んだ。転校の手続きなどは正式に行われているから認識の操作は最低限でよかったからだ…………けれど他のクラスメートたちには間違いなく効いている。一般人相手なら効果が弱くても充分なのだ。

「彼女が認識操作の魔術に対して抵抗力を有しているのだとシロは考えます」

「まあ…………可能性はあるな」

人間が様々な病原菌に対する抵抗力を持っているのと同じように、魔術に対しても抵抗力は存在する。そしてそれはそれぞれが持つ免疫と同じように人によって強弱がある。中には普通の人であれば抵抗できないようなものでも抵抗できる免疫を持った人間だっているだろう。

「シロは彼女が今回の依頼の対象であると思うか？」

「その可能性は低いとシロは思います」

「ああ、俺もそう思う」

シロの返答に満足するように司は頷《うなず》く。もし仮に叶が目的の相手だとしたらあの行動はあまりにも露骨で無防備すぎる。

「まあ、とりあえず確認するか」

だからと言って安易に司は判断を下さない。


普通ではありえないことならいくらでも司は見てきたのだから。

気が付くと叶は二人の姿を見失っていた。昼休みは人気《ひとけ》のない第二校舎の方へと歩いていく二人の後をついて行って……曲がり角を曲がると二人の姿が消えていたのだ。廊下の先には階段があるが走っても数秒で辿《たど》り着けるような距離ではない。それに第二校舎の教室は専門の授業で使う高価な設備や機材が置かれているので使用時以外はほとんど施錠されている。つまりは教室に隠れたりなんてこともできないはずなのだ。

「あ、あれえ………？」

なのに二人の姿はない。これはミステリーだ。

ぽん

不意にその肩を叩《たた》かれる。

「ひあっ⁉」

それに思わず叶はびくりと大きく震えて声を上げる。

「わ、びっくりした」

その反応にやった当人も驚いた声を出す。

「え、あ、く………黒鳥君？」

叶が振り向くと、見失ったはずの司とシロが立っている。しかし驚きのせいかその事実に頭がついて行かず叶の頭は真っ白だった。ただ心臓の音がだけが耳の奥でばくんばくんと鳴り響いている。

「どうしたの、こんなところで？」

そんな彼女へ不思議そうに司が尋ねる。

「ど、どうしたって………」

まさか二人の後をつけていたなんて言えるはずもない。困惑しているせいか気の利《き》いた言い訳もとっさには浮かんでこなかった。

「ふ、二人こそこんなところでなにしてるの？」

だからそれをごまかすように叶は質問を返した。すると司は苦笑してみせる。

「実は学食に行こうとしたらまだ慣れてないから道を間違えちゃってね。気が付いたらこんな所に来ちゃったから戻ろうとしてたところだよ」

「そ、そうなんだ………」

納得したように叶は相槌《あいづち》を打つが、それでは目の前で消えて後ろに回っていた理由になっていないと内心で思う。

「それで僕らは改めて学食に向かうけど蒼空さんは？」

初対面のはずなのにまるで叶を知っているように司は話しかけてくる。それは違和感というより叶にとっては恐怖だ。驚きの動揺もあって浮ついて尾行を楽しんでいた感情が一気に反転していた………早くこの場をごまかして逃げ出したいと強く願う。

「あ、あのさ」

しかしそれでも叶は恐怖より事実を確認したいという好奇心が上回った。

「二人って先週転校してきたんだよね？」

「そうだけど？」

何を当たり前のことをと司は問い返す。

「わ、私にはその記憶が全くないのよね…………その、二人と会うのも今日が初めてだと思うんだけど」

そんな彼へと叶は正直にその事実を指摘する。

「えっ⁉」

それに対して露骨に見えるくらい驚いた表情を司は見せた。

「蒼空さん…………それ、本気で言ってるの？」

そしてすぐに心底叶を心配するような表情を浮かべる。

「僕たちを一番初めに質問攻めにしたのは蒼空さんだし、妹のシロとは気が合ったのか昨日も結構長い時間話してたよね？」

そう言って司は傍《かたわ》らのシロへと目配せする。

「はい、シロは昨日蒼空さんといっぱいお話ししました」

淡々とした口調でシロはそれを肯定する。

「え、う、だってそんなの私記憶に…………」

「蒼空さん！」

うろたえる叶に強い声色《こわいろ》で司はその名前を呼ぶ。

「本当に大丈夫？　最近強く頭を打ったりとても疲れてたりしてない？」

そして一転して叶を気遣うような優しい声色で尋ねる。

「あ、う、でも……」

涙目になりながら叶は反論を考えようとするが思考は全く巡らない。

「え、えっと………だ、大丈夫だから。わ、私もちょっと混乱してるみたいだから保健室で休んでくるわ、ね」

突然ぐわんぐわんしてきた頭を軽く押さえて、叶は二人に背を向ける………そしてそのままよろよろと歩いてその場を立ち去った。

驚き、困惑し、疑いを口にしてその疑っていたはずの相手から心配される。

何が正しくて間違っているのか、今の叶にはわからずぐらぐらと視界が揺れていた。


「………やりすぎたかな」

ふらふらと立ち去っていく叶の後ろ姿を見送りながら司がぽつりと呟く。もちろん先ほど叶に告げた言葉は全《すべ》て演技である。叶と会ったのは今日の教室が初めてだし会話したのも今のが初めてだ………当然昨日シロと叶がいっぱい話したという事実もない。

「ですがニーサマ、魔術を行使せず彼女を収めるにはあれが最善だったとシロも思います」

司の服の裾を引っ張ってシロが言う。

「まあな」

頷く。魔術はその効果とは別にそれ自体が毒のようなものだ。認識操作の魔術はクラスメートではなく司とシロの情報という概念そのものに魔術をかけた間接的なものである。しかしそれが通じない叶の認識を変えようとすると直接精神に作用する魔術を行使するしかない…………けれどその場合軽くとも効果とは別の害を与える可能性がある。だから司は彼女を言葉と状況で丸め込むことにしたのだ。

それは簡単に言えば集団心理に近い詐術のようなもの。周り全員が正しいと言っていることを一人だけで間違っていると主張することは難しい。大抵は本当は自分が正しくてもおかしいのは自分の方だと錯覚してしまうものだ。叶の場合はその状況でも間違いを主張しようとしたわけだが、それは司とシロという間違いの象徴が存在したからだ。彼女にしてみれば司たちは得体の知れない存在で唯一この状況の原因だと確信できる相手だ。そんな二人に対する猜疑心《さいぎしん》が自分が正しいと信じられる要因だったとも言える。

だから司は叶を驚かせ、彼女が動揺している隙《すき》に彼女の正しさ否定《ひてい》して、けれど自分が彼女の身を案じる立場のように見せた。そうすることで司たちがこの状況の原因なのではなく、もしかして本当は自分がおかしいのではないかと思わせようとしたのだ。

恐らくは今の叶は何が正しくて間違っているのかわからない状況なはずだ。そして多くの人間は自分がおかしいとは信じたくないものである……そうなれば自然と状況に折り合いをつける。何かしらの理由を付けて二人の存在と今の状況を受け入れることだろう。

「依頼の対象ではないようだしこれで納得してくれるといいが」

司が叶を驚かせたのは動揺させる必要があったのと、後は二人が消えた後に見せる反応を確認するためだ。しかし叶は消えた二人に驚くばかりで、不意打ちを警戒するような様子も誰かを呼ぶようなそぶりも見せなかった。シロにも確認させたが周囲には三人以外の気配もなかったようだ……彼女が依頼の対象であったなら必ずもう一人誰かがいたはずなのだ。

「ま、彼女はこれで片付いたと信じて本格的に動くのは放課後からだな」

「はい、ニーサマ」

シロが頷く。

二人にとって果たすべき依頼はまだ何も始まっていないのだから。

「気分が良くなるまでいていいからゆっくり休みなさいね」

よっぽど憔悴《しょうすい》しているように見えたのか、保険医は休みたいという叶を疑うことなくベッドを貸してくれた。

「はい、ありがとうございます」

保険医に礼を言いそのまま倒れ込むようにベッドに横たわって叶は目を瞑《つむ》る…………けれど眠ることなんてできるはずもない。頭の中ではぐるぐると今日の出来事が渦巻いている。

突然の転校生に違和感を抱かない皆、自分を知っているような態度の転校生。

おかしいのはどちらなのだろうか。自分ではないと思う、思いたい…………けれど、と思ってしまう。今のところ叶のその期待を後押ししてくれるものは何もないのだ。叶が誰かに今の状況を話したところで…………おかしいのは自分だと言われるに違いない。

「…………おかしいのは私なのかな」

本当にあの二人は一週間前に転校してきていて、昨日自分はシロとも話している。けれどそれを忘れてしまっていて疑いの目を彼らへと向けている…………確かにそう考えたほうが状況に納得はいく。周り全てがおかしくなったと考えるよりは、自分一人がおかしくなったと考えたほうが可能性は高いのだから。

「こんなの…………刺激が強すぎるよ」

状況だけ見れば叶が好むオカルト的な状況ではある…………けれど実際に自分の正気の度合いを計らなければならない状況というのはなかなかに重い、重すぎる。少なくとも叶が求めている刺激はこういう形ではない。贅沢《ぜいたく》な物言いではあるがもっとワクワクするものがいい。

ブルルッ

不意にポケットのスマホが震える。取り出して確認してみると雲雀からのメールだった。教室を出てから戻ってこない叶のことを心配した内容だ。それに叶は具合が悪くなったから保健室で休んでいると返答を打ち込む。

「…………はあ」

今朝方《けさ》二人のことで雲雀に向けられた心配の表情を思い出す…………あれはなかなか心に来る表情だった。付き合いの長さから心底心配してくれているのがわかるだけに、自分がおかしくなってしまったと思われるのは非常につらく感じる。

そうだ、と叶は気づく。あの二人が……それをおかしいと思わない皆がおかしいと主張すれば再び雲雀にあんな表情を浮かべさせてしまうことになるのだ。普段彼女に迷惑をかけてしまっている自覚があるだけに、叶としてはそんなことをしたくない。だとすれば今の状況を受け入れるべきなのだろうと叶は思う。

「……………はあ」

大きなため息。なんでこんなことになったんだろうと、何度考えたかわからないことを心中で繰り返す。

いつも通りの退屈な学校のはずだった。それがいきなり見知らぬ転校生がいて、周りがそれを受け入れていて…………だから真偽を確かめようと二人の後をつけて。

「あれ？」

そこまで考えたところでふと気づく。一つ、そう一つだけ納得いかないことがある。他のことは全て自分の記憶がおかしくて向こうが正しいのだと納得してもいいけれど、一つだけ自分の記憶違いでは納得できないことがあった。

「よし！」

それに気づくと同時に叶の中に活力が戻って来る。

おかしいのは自分か周りか…………それを決めるのはそれを確認してからだ。

「さて、そろそろ始めるか」

他のクラスメートがいなくなった教室。そこにシロと二人で残っていた司は不意にそう呟いてシロとともに教室を出る。そしてすぐに人気のない廊下が目の前に広がった。

放課後になると学校というものは一気に閑散とする。もちろん部活や委員会などの活動があるから一気に人が消えるわけではない。けれどそういった生徒たちはグラウンドや部活連などの専用の場所に集まるから校舎のほとんどは無人になる。

「ま、雰囲気はあるな」

普段人で溢《あふ》れている場所から人が消えるとひどく寂《さび》しい印象を受ける。そこに日暮れによる薄暗さが加われば人の恐怖心を掻《か》き立《た》てるには充分だろう。学校に怪談がつきものなのにはそういった要素も影響しているからだ……この雰囲気は司も懐《なつ》かしい気がする。もう以前学校に通っていたのがいつだったのかは忘れてしまったが。

「ニーサマ」

少しぼんやりとしていた司の裾をシロが引く。

「ああ、行くか」

「はい、ニーサマ」

シロが頷くのを確認して司は歩き出す……と、いっても特に目的はない。今のところ依頼の対象へと繋《つな》がる手がかりは大したものはないのだ。しっかりとした手がかりがあれば潜入などせず直接相手のところに乗り込んで終わらせている。

「放課後人気のない校舎を歩いていると化け物に襲われる、ね」

捻《ひね》りも何もないどこにでもありそうな怪談話。けれどそれに普通では考えられないような現象に苛《さいな》まれた被害者がいれば話は別だ…………その数はすでに十名近く、教師が口止めはしていたようだが学校内でもそれなりに噂《うわさ》になってしまっている。司とシロが転入したクラスにもちょうど二名の被害者がいる。

老化。それが被害者たちに共通する異様な現象である。いずれも人気のない場所で倒れているのが見つかって、その体には生気がなく手足や顔には深い皺《しわ》が刻まれている。命に別状はないようだが誰もがひどく衰弱しきっていて立ち上がるのもままならないらしい。普通に考えれば何かの疫病かと大きく騒がれそうなものだが、そうなっていないのは司たちの依頼元が圧力をかけて抑え込んでいるからだろう…………大々的な事件になってしまえば犯人は即座に身を隠す可能性が高いからだ。

「うまく襲い掛かってくれるとそれで終わるんだけどな」

捜査というよりはそれを期待して司はぶらついている。そもそも司個人の捜査技術はそう高くない…………というか魔術を行使する存在を普通に捜査して見つけようとするのが間違っているのだ。そもそも常識を超えた現象を軽々と引き起こすのが魔術である。例えば密室殺人だって簡単にできるしアリバイ作りだって容易《たやす》いものだろう。そんな相手を見つけるならこちらも魔術を行使するか、もしくは相手の使用した魔術の残滓《ざんし》を追いかけるしかない。けれど後者にしたってよっぽど強力な魔術でなければすぐに残滓は消えてしまうのである。

「とりあえず、以前の被害者の現場に向かうことをシロは提案します」

「…………んー、そうだな」

魔術の残滓はもう残っていないだろうが何か手掛かりはあるかもしれない。しかし過去の例からすると被害者の襲われた場所はばらけているから再びそこに現れる可能性は薄い。

「シロ、校内で行使された魔術の感知はできるな？」

「はい、ニーサマ」

シロが頷く。

「なら道中も気を付けててくれ」

校内にはまだ司たち以外にも生徒は残っている。教師が襲われたという話は聞いていないがその可能性もゼロではないだろう…………他の誰かが襲われたらすぐに駆け付ける必要がある。


「み、見つけた！」

と、不意に大きな声。それも聞きえ覚えがある。まさかと思いながら振り返るとそこには蒼空叶が立っていた。その息は切れていて胸を上下させているのを見るとここまで走ってきたのだろうと予想ができる…………恐らくは二人を探して。

「え、ええと…………蒼空さんどうしたの？」

わずかな動揺を抑えつつクラスメートの顔を司は作る。あの言いくるめが失敗する可能性は想定していたが、少なくとも立ち直るのには時間がかかると司は踏んでいた。まさかその日のうちに復活してやって来るなんて完全に想定外だ。

「もしかしてまた昼休みの時の話かな」

「そうよ、その話なんだから！」

叫んで叶は司へとびしっと指を突き付ける。

「学校中暗いし人いないし怖いのに探して…………すっごくすっごくすっごく走り回ったんだからね！」

心霊スポット巡りを趣味にしていても、怖さへの耐性はまた別の話だ。

「絶対に私の質問に答えてもらうんだから！」

興奮のせいか目の端に涙を浮かべて叶は司を睨《にら》みつける。

「その、僕らの話が信じられないなら他のクラスメートに聞くとか」

「私が聞きたいのはそのことじゃないの！」

司の言葉に叶は首を振る。

「私が聞きたいのはどうやって私の背後に回ったかってこと！」

「背後って…………え？」

想定外の質問に司が思わず声を漏《も》らす。叶を驚かせるために背後に回ったことを言っているのだろうが、まさかそこを追及されてるとは思っていなかった。

「私は二人の後ろをつけてたの！　だからあんな一瞬で背後に回れるわけがないんだから！」

そう、それだけが叶には納得できない事実だ。たとえ記憶に関しては間違っているのだとしてもその事実だけは間違っていないと断言できる………そしてそれが事実であればやはりこの二人は怪しい相手ということになる。

「それはもちろん隠れて後ろに………」

「あそこには隠れる場所なんてないのっ！」

「………」

即座に返された言葉に司は返答できない。事実を述べるなら角を曲がると同時に開いていた窓へと跳んで外を伝って回り込んだ………けれどそんなことを話せば火に油を注《そそ》ぐようなものだろう。

「私を騙そうとしたことも含めてこの場で全部はっきりさせてもらうからね！」

そんな司の態度に確信を深めたのか叶の声が強くなる。こうなれば昼休みのように言葉だけで丸め込むのは難しいだろう………最悪魔術の直接行使も検討《けんとう》に入れなければならないかと司はシロに視線を向ける。

「………」

当のシロはいつものような無表情で二人のやり取りをじっと見ていた…………が。

「ニーサマ、シロは魔術の行使を感知しました」

不意にシロが口を開いて司の裾を引く。

「…………このタイミングでか」

「え…………魔術って？」


驚く二人をよそに、シロの告げた現実は淡々とその姿を現す。


「なに、あれ？」

最初にそれに気づいたのは叶だった。廊下の隅。柱の突き出たその角から青黒い霧が噴き出していた…………しかもそれは周囲に蔓延《まんえん》していくのではなく、一つ所に集まって何かの形を作り出しているように見えた。犬だ。直感的に叶はそう浮かんだ。

「ああもう、このタイミングでか」

愚痴るように吐き捨てて、司がクラスメートの仮面を外す。剣の柄《つか》を取り出して鞘を放り捨てるとそれを振って刀身を伸ばす。

「何その玩具《おもちゃ》って……伸びるの⁉」

　困惑の声を無視して司はその刀身の両側を指で挟み、一気に根元から切っ先へと滑らせて硬化と着火の両方を一度に済ます。いつもの軽微の頭痛。赤熱し炎を噴くその刀身に再び叶が騒ぐ声が聞こえたがそれも無視。いつでも来いと言うように、切っ先を犬の形へと変化していく青黒い煙に向ける。

「ニーサマ、こちらもです」

　シロの淡々とした声とともに裾を引っ張られる感触。握る剣の切っ先は動かさずに目線だけ後ろにやると、後方の柱の角からも青黒い霧が噴き出して集まりはじめていた。

「こ、こっちもなの⁉」

　今度は叶の声。こちらは最初の噴出した場所とは対称の位置。教室の扉の角から噴出しているようだった……それにまさかと思い再び後方を確認する。その想像は正しくシロが見つけた位置の対称となる場所からもやはり青黒い霧が噴出している……どうやら四点から囲まれた形になってしまったらしい。

「ち、面倒だな」

　舌打ちする。司とシロだけならともかくこの場には叶がいる。あれがいかなる魔術によるものであれ一般人が対処できるものではないはずだ。

「シロ、そいつを守れ」

「はい、ニーサマ」

シロが頷いて叶を庇《かば》うようにその前に移動する。

「ちょ、ちょっと待ってよ！　一体に何が起こってるの⁉」

「お前は目を瞑って耳を塞《ふさ》いでろ」

「足手まといだって言いたいの⁉」

反射的に反発して叶が叫ぶ。

「実にその通りだ」

自覚してくれるとは実にありがたい。

「これからここで起きることは全部毒みたいなもんだ。何も見ないで聞かずにいるのが一番被害が少ない方法なんだよ」

なぜならその毒の区分には司とシロも含まれているのだから。

「全然意味わかんないっ！」

「わかんなくていいから従え！」

叫び合う二人。

「ニーサマ」

そこに割り込む淡々とした声。

「何だよ」

「来ます」

そして戦闘が始まった。

その形が完成すると同時に霧の噴出は止まり、犬のような存在は動き出した。もっとも形そのものが犬のようだという印象なだけで、あれを犬だと呼びたいような姿ではない。そもそも青黒い霧の集まってできたその体は霧状で輪郭がぼやけている………しかし鼻のような器官が先端に突き出た細長い顔と四つ足の形状からすれば犬のようだと表現するしかない。

　最初司はその犬のような生き物が飛び掛かってくることを想定していた。彼が相対するべきは前方の二匹。それでも二対一であることを考えれば、こちらから仕掛けてその隙をもう一体に突かれることは避けたい………だから飛び掛かって来る犬をそれぞれ迎撃して斬《き》りつける心づもりでいた。

　しかし犬は動かない。司の様子を窺《うかが》うようにじっと身を屈《かが》め………不意にその顎《あご》が外れんばかりの勢いで大きく口を開いた。

「うおっ⁉」

そこから伸びたのは先端が鋭い無数の舌のような器官だった。自分めがけて一直線に飛んでくるそれを司はとっさに身を捻って躱《かわ》す。そしてそのままその勢いを利用して伸び切ったその舌を掬《すく》い上げるようにまとめて剣で寸断した………切り離された部分がその結合を解かれたように青黒い霧へと戻って散っていく。

「とっ」

しかしその結果を司自身は確認している暇はなかった。今度は慌てて身を屈めると頭の上をもう一体の犬から伸びた舌が通り抜けていく。それは司の後方のコンクリートの壁を容易く貫いて無数の穴を空《あ》けた。

タンッ

けれどそれに怯むことなく司は床を蹴《け》り、地を這《は》うように犬に向かって疾駆する。そのまま伸びた舌を辿るようにして一気に距離を詰め………その舌の付け根である犬の口へと握った剣の刀身を突き入れる。時間が止まったような長い一瞬の感覚。次いで犬の体が内側から噴き出した炎によって爆散する。

「ふっ！」

同時に気配を察して振り向きざまに呼気一閃《いっせん》。今度は背後から飛び掛かっていた犬を真一文字に両断する。二つに分かれたその犬は、やはり結合が解かれたように霧へと散っていく。

「よし、終了」

呟いて振り向くとシロの方も終わらせた後のようだった。呆然《ぼうぜん》とする叶の前で両手を構える
その姿から察するに、シロは恐らく素手であの犬を解体したのだろう。

「よくやったぞ、シロ」

「はい、ニーサマ」

当然のように淡々と頷くシロの頭に手をやり、撫でる。いつものようにシロはされるがまま
にそれを享受《きょうじゅ》する。

「ちょ、ちょっと⁉」

和《なご》んでいる二人に叶が割り込む。

「そんなことやってる場合じゃないってば⁉」

「………目を瞑って耳塞いでろって言っただろ」

なのにこの女はしっかりと全てを見ていたらしい。

「そういう問題じゃなくて、あれっ！」

叶が指さした先では再び青黒い霧が集まっていた………それも四つ。

「………あー」

どうやら司とシロが倒したと思ったあの犬は文字通り散っただけであったらしい。犬の形状

をしていても結局はあの青黒い霧そのものが本体なのだろう。どれだけ散らしたところで集まればまた犬になって襲ってくるようだ。

「炎も効果はないみたいだしな…………シロ」

撫でるのをやめてシロの名を呼ぶ。

「吹き飛ばせ」

「はい、ニーサマ」

命じられ、シロはそれに頷く。そしてその視線を再び犬の形状に戻りつつある四つの青黒い霧の塊へと向ける。

「突風の記述による魔術を実行」

呟き、その全身が緑色の燐光《りんこう》を一瞬放つ…………その次の瞬間、シロのその体を境とするように青黒い霧へ向かって風が吹き荒れる。突風どころか暴風とも呼べるようなその風は窓や教室の扉などを激しく揺らしながらその霧を呑《の》み込《こ》み…………あっという間に廊下の彼方《かなた》へと運び去って消えてしまった。

「ニーサマ、吹き飛ばしました」

「よし、よくやった」

再び司がシロの頭に手をやって彼女を撫でる。その光景は先ほどのデジャビュではあるが今度は再び霧が集まったり、さらにどこかからか噴出することもなかった…………今度こそ完全に終わりらしい。

「なんなの……これ」

その光景に訳もわからず叶は呟く。司たちを問い詰めようとしてからの怒濤《どとう》の展開に完全に彼女の頭はついていけていなかった……そして何よりもついていけないのはあんなことがあった直後なのに平然と和んでいるあの二人の姿だ。司は幼い子供にそうするように優しい仕種でシロの頭を撫でて、彼女の方は無表情でありながらどこかそれに満足しているようにじっと撫でられ続けている。

「あー、もう！」

それが五分以上続くとさすがに叶の忍耐も切れて二人にずかずかと近づいた。

「いつまでやってるのよ！」

「シロが満足するまでだな」

叫ぶ叶に司が冷静に返す。

「……どれくらいで満足するの？」

「いつもだと三十分くらいかな」

「長すぎるよ！」

そんな時間待っていられない。

「その間私はどうしてればいいの！」

こんな状況に巻き込まれてしかも何もわからない状態で。

「あー、わかったわかった」

しょうがないというように司はシロを撫でる手を止める。叶の言い分自体は何も間違ってはいない。本来なら彼女は手厚く労わられる立場ではあるのだから。

「シロ、そういうわけだから」

「はい、ニーサマ。シロは構いません」

無表情に淡々とシロは頷く…………しかしその感情のない視線は司の手が離れると同時に叶へと向けられた。何も言わない、その顔には何も浮かんでいない。けれどじっとその無機質な瞳《ひとみ》は叶を見据える。

「な、なに…………」

「…………」

その視線に叶が尋ねるがシロは無言で彼女を見続ける。

「だから何って聞いてるん、だけど…………」

「…………」

「…………何か言ってよ」

「…………」

ただじっとシロは叶を見続ける。

「えっと………」

助けを求めるように叶は司に視線を向ける。

「しばらくすれば納得するから」

「………そ、そうなんだ」

それはつまりそのしばらくの間ずっと視線を向けられたままということか。

「………」

「………」

叶とシロの視線が再び交差する。

「………三十分、待つから」

諦《あきら》めたように叶は口にする。

そしてきっかり三十分、叶にとって拷問のような時間は続いた。

二章　それぞれの求めるもの

chapter 2

book texts fragments manuscripts

「さあ、一つ残らず全部きりきりと喋《しゃべ》ってもらうからね！」

そこは簡素なアパートの一室。最低限の家具すら置かれておらず、六畳ほどの部屋にぽつりと旅行鞄《かばん》が二つ置かれている。そんな生活感のまるでない部屋の中で叶《かの》は司《つかさ》とシロの二人に対峙《たいじ》するように腰を落としていた。その表情は口調と同じく強気で生気に満ちている。

「あー……」

そんな叶を半ば呆《あき》れるように、困ったように司は見る。あの後とりあえず事前に用意していた滞在場所へと司は叶を連れて来た。さすがに話をするにしてもあのまま学校では再び襲われる危険もあったからだ。

しかし何というか彼女は立ち直りが早い。司の言いくるめからの回復もそうだが、あの青黒い犬との戦闘にもそれほど動揺していなかった。そのせいか移動の間に気力が全快になったようで司を問い詰める活力に溢《あふ》れている。

「お前子供っぽいとかよく言われないか？」

「いきなり何なの？」

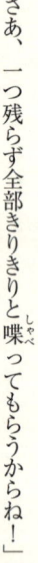

即座に叶が反応する。それだけで答えを聞くまでもなかった。

「私のどこが子供みたいに見えるっていうのよ！」

「背とか態度だな」

淡々と司は返答する。

「背はそこまで低くないし皆にもよく元気だねって褒《ほ》められるもん！」

それに反発するように叶が叫んで胸を張る。

「あー、うん」

まあ、みな彼女を好意的に捉《とら》えてオブラートに包んでくれているのだろう………だが背は低い。この事実だけは変わらないが。

「ちなみに状況、わかってるのか？」

一応というか確認で司は尋ねる。

「わかってるに決まってるじゃない」

ふん、と鼻を鳴らして叶は司を睨《にら》みつける。

「あんたたちがみんなに何かして学校に入り込んで、私を騙《だま》そうとしたことはね」

「………別にお前を騙すのが目的じゃなかったんだが」

「それくらいわかってるわよ」

馬鹿《ばか》にするなというように叶が言う。

「みんなに何したか知らないけど、それが私に効かなかったから直接言いくるめてごまかそうとしたのよね？　本命はあの変な犬みたいな化け物か、それを操《あやつ》ってる奴《やつ》とかなんでしょ？」

ふふん、と叶が胸を張る。

「…………」

その全部お見通しなんだからというドヤ顔を司は呆れるように見やる。

「まあ、うん」

その通りではある。しかし司が言いたいのはそういうことではない。

「だがな、ここで俺《おれ》がお前を口封じするとかは考えないのか？」

叶からすれば司はとても不審な相手なはずだ。クラスメートに何かしてさも身内のように学校に入り込み、それが通じない彼女に対しては騙して丸め込もうとした。そしてその上で目の前で化け物と戦ってそれを倒すだけの力も見せている……そんな相手には普通警戒心を持ってもおかしくないはずだ。

「そんなの考えてないけど……だって、しないよね？」

そのつもりならあの青黒い犬に襲われた時に叶を守る必要がない。そのまま殺させてしまえば自分で手を汚す必要もなく一番後腐れがなかったはずだ。

「しない……よね？」

そう思いつつも急に不安になったのか叶はすがるように司を見る。若干潤む視線にその体格も相まって子供に泣きつかれているように錯覚しそうになる。

「…………しないに決まってるだろ」

内心でため息を吐《つ》きつつ司はそう答える。

「で、何が聞きたい？」

そして仕方なく司はそう言った。

「いっぱいある！」

その瞬間にぱあっと叶の表情が明るくなった。この感情の切り替わりのわかりやすさも子供っぽく見える要因に違いない。

「とりあえず、あなたたちは何者なの？」

叶はまずそう尋ねた。

「この世ならざる知識の探索者だ」

司は答える。

「まあ、探索の目的はそれを消し去ることなんだが」

そして忘れずに司は付け加える。

「この世ならざる知識って？」

叶が聞き返す。言葉から想像はできるが理解まではできない。

「魔術とその根源たる知識のこと…………禁忌の知識と言われることもある」

「魔術！」

その単語に叶が反応する。

「さっき使ってたのとかみんなをどうにかしたのってやっぱ魔術だったんだ！」

はしゃぐように叶の声が弾《はず》む。

「あー、もしかして魔術とかに興味あるのか？」

「うん、すっごく！」

対称的に辟易《へきえき》したような表情を浮かべる司に、叶はいい返事をする。

「魔術っていうか超常現象も含めたオカルトが好きなんだけど………うん、魔術とか魔法とかそういうのも好き！　すっごくワクワクする！」

「そうか」

司は相槌《あいづち》を打つ。

「俺は大嫌いだ」

そして真顔で一刀両断した。

「………あ、あう」

その急落に叶は思わず声を失って、少し涙目になる。

「魔術はな、お前が考えているような綺麗《きれい》なもんじゃない………知るだけで感染する病原菌みたいなもんだ」

重々しい声で司は告げた。

「だ、だから魔術については教えてくれない……の？」

恐る恐ると言った感じで叶が尋ねる。

「逆だ」

しかしそれを司は否定《ひてい》する。

「だからこそしっかりと教える」

ただやみくもに危ないから禁止だと言っても逆効果になることがある。人間は好奇心の生き物だ……なぜ禁止なのか、なぜ危ないのかを知りたがり逆にそれに近づいてしまう。だからそうさせないためにもできる限り正確に事実を伝えなくてはならない。未知の果実もそれに毒があると聞かされて口にする人間は多くないだろう。

叶が抱いてるのは幻想への憧《あこが》れだ……だからそれをぶち壊す。

「え、と……とにかく教えてはくれるんだよね？」

司の物言いに戸惑《とまど》いながらも叶は司を見る。

「どんなものかはな」

伝えるのはあくまで概要で魔術そのものを教えるわけではない。

「うん、とりあえずそれでいいよ」

概要だけでも知っていればその先を知る機会も生まれるだろう。面食らった気持ちもようやく落ち着いて叶は頷《うなず》く。

「じゃ、説明だ」

もちろんそんな考えは司にも簡単に見て取れるが、まずは話せることを話してからだ。

「まず魔術ってのは概《おおむ》ねお前が考えてる通りの現象を引き起こせるもので間違いない」

「呪文《じゅもん》を唱えて火を出したり傷を治したりできるってことよね」

「ああ」

魔術はそれぞれに異なった呪文を唱えて超常の現象を引き起こす。その結果だけ見れば物語などで使われる魔術と現実のものに相違はない。唱えるだけで物理法則を超えた現象を引き起こす……それは子供が憧れ、時に大人ですら夢想する理想の力。

「だが魔術の問題はその呪文とその根源となる知識そのものにある」

結果は問題なくともそもそもの前提に問題があるのだ。

「魔術の根源となるこの世ならざる知識、それはそれそのものが人に対して毒になる」

司はそう断言して続けて言葉を紡《つむ》ぐ。

「なぜなら、その知識は全く理解ができないものだからだ」

「理解できないのに、害なんだ」

叶は司の言葉の意味がわからず戸惑った表情を浮かべる。

「理解できないのはそれがこの世界とは全く異なる法則による知識だからだ……まあ、だからこそこちらの世界の法則なんてまるで無視した現象を引き起こせるんだが」

　この世界の法則に縛られないからこそ超常的な現象を引き起こせる。

「問題はその全く異なる法則の知識が人に理解してしまえることだ」

「……………全然意味わかんない」

　理解できないのに理解できるとか完全に矛盾している。

「そうだな、例えば1＋1はわかるか？」

「2でしょ」

　小学生にだってわかる計算だ。

「しかし別の世界の法則では1＋1＝3で成り立つとしたら？」

「……………成り立たないよ、ね？」

　恐る恐る叶は質問を返す。

「そう、それが成り立つことを俺たちは理解できない」

　それに司は頷く。複雑な計算式ならともかくこれほど単純な式では解釈の余地もない。

「けど、もしそれを理解できてしまったらどうだろう」

　理解できないはずのものを理解できてしまったら。

「1＋1＝3を理解した人間は元の1＋1＝2を理解できると思うか？」

「……………」

司の言葉に叶はしばし思案する。

「できない、と思う」

そしてそう結論を出した。その二つの計算式は両立しない。どちらかが成立するならもう一方は成立しないはずなのだ。両方が成立するのは矛盾している。だから一方を理解したなら残るもう一方を理解することはできなくなるはずだ。

「正解」

端的に司は叶の答えを肯定する。

「つまりはそういうことなんだよ。魔術の根源となる知識はこの世界のものとはまるで異なる法則によるもの………それを理解するということはこの世界の法則から外れていくのと同義なんだよ」

二つの法則は並び立たないのだから。

「もちろん少し知った程度で完全に外れてしまうものじゃない…………けれどその精神には確実に影響がある。知識を得るごとに少しずつ正気を失っていき、完全にこちら側から外れてしまう前にその精神は壊れる。おまけに理解したというのもあくまで便宜上《べんぎじょう》のもので意識では結局その理解したってことを認識することはできない…………なにせ相反する法則だからな」

言うなれば脳の一部をその知識に乗っ取られるようなものだ。こちらの法則と相反するその知識は確かに頭の中にあるがそれを認識することはできない。しかしそんな不純物があれば当然影響がないはずもない…………正しいプログラムに不純物が混ざりこんでエラーを起こすようなものだろう。

「問題はこれが防げるようなものじゃないってことだ。この世ならざるその知識はそれを認識するだけで脳が勝手に処理して理解してしまう…………つまりは見たりするだけでも何らかの影響を受ける」

「あ、だからあの時私に耳を塞《ふさ》いで目を瞑《つむ》ってろって」

「ああ」

それが叶の身も心も守るには最善だったからだ。

「ねえ」

しかしここまで聞いて叶はふと疑問が浮かぶ。

「この世ならざる知識ってものがどんなものかはわかったけど…………それってつまり魔術を覚えれば覚えるほどおかしくなっちゃうってことだよね？」

「そう言ってるだろ」

魔術の根源にその知識がある以上は当然のことだ。

「えっと、そもそもそんな知識を活用できるものなのかな？」

「もっともな疑問だな」

理解することが害であり、理解してもそれを認識できない。そんなものは活用できるはずもない。

「けどな、理解できなくても活用はできるんだよ。例えば日常で使われてる機械だってそれどんな仕組みで動いてるのか知っている人間なんて少数だ……けど特に問題なく使用することはできる。それと同じでその知識がどんな意味を持ってるのかわからなくても起こる結果さえ知っていれば活用はできる」

結果が出せるのならあえてその意味を知る必要はない。強《し》いて言うならその知識を発展させることができないことくらいだろう。機械を使うことができてもその仕組みがわからなくては改良ができないのと同じだ。

「んー、でも覚えるとおかしくなっちゃうんだよね?」

もう一度叶は確認する。

「そんなものを無理に自分で使いたいって思わないと思うけど」

最初は魔術が実在すると聞いて胸を高鳴らせたが、その中身を聞かされると確かに自分も使ってみたいとはとても言えない……さすがに自分の正気が代償だと言われて好奇心だけで覚えたいとは思えないだろう。それも司の口ぶりからすれば一つの魔術を覚えただけでも目に見える影響がありそうな感じがする。

「そうだな、確かに自分で使いたいとは思えない……だけどまあ、使わないでおくにはそれが魅力的な力だってのも確かだ。なにせその知識によっては普通では治らないような怪我《けが》や病気だって治癒することもできるからな」

「それは…………そうかも」

必要に迫られれば選択肢としては魅力的なのだろう。

「で、人間は魔導書を作ったのさ…………自分で使わないで済むように」

「魔導……書」

それは叶にとっても見知った単語。物語にも魔術とセットでよく登場する物。しかしなぜだかその言葉が強く心に響く…………何か忘れていることがあるような、そんな感覚が心に広がる。

「ニーサマ、夕飯の準備ができました」

「お、そうか」

不意にかけられたシロの声に司は頷く。

「なら続きは飯を食べながらにするか」

「えっ…………うん、わかった」

声を掛けられて我に返り、叶は頷く。


そして今しがた覚えていた感覚のことなどすっかり忘れてしまった。

簡素な部屋にそれだけは用意してあったらしい折り畳みのちゃぶ台が置かれる。そしてその上にシロが次々と出来上がった料理を運んできた。どうやら司と叶が話している間彼女はずっと夕飯の準備をしていたらしい…………の、だが。

「あはは、すごい量だね…………」

乾いた笑みを叶は浮かべる。それほど大きくはないとはいえちゃぶ台は四人が対面できるくらいの大きさはある。そのちゃぶ台の上が隙間《すきま》なく料理の載った皿によって次々と埋められていく。唐揚げ、煮物、焼き魚、カレーなどとその種類も統一なく様々だ。

それぞれの皿に載せられている量も大盛り以上といった見た目なので、三人で食べられる分量を明らかに超えているように叶には見えた…………と、いうか部屋に家具すら置いていないのに皿だけは大量に持って来ていたのだろうかと疑問が浮かぶ。

「まあ、シロが作るといつも大体こうだな」

慣れているのか司には驚いた様子はない。

「い、いつもこの量なんだ」

三人だからというわけでもないらしい。

「まあ、全部好きな料理ではあるんだが」

「はい、シロはニーサマの好みなら全《すべ》て把握していますから」

呟《つぶや》いた司の言葉にシロは反応する。その顔は変わらずの無表情だが、どこか誇らしげに見えるのは気のせいだろうか。

「あー、うん………そういうことなのね」

それだけで叶は何となく察する。つまりは食べられる量や気分などを考慮せずに好みのものを全て並べた結果がこれなのだろう。

「まあ、食ってくれ」

「………頂きます」

箸《はし》と取り皿を受け取って叶は手を合わせる。量はともかく見た目はどれも美味《おい》しそうだ。正直色々あったせいで疲れておなかは減っている………よくよく考えれば今日は昼食もとっていなかった。

「あ、おいしい」

素直にそう思う。どれも丁寧に食材を切ってあるしレシピもアレンジしてあるようだ。微妙に使われる食材が変わっていたり、味付けの濃い薄いはあるが違和感は覚えない。これも多分司の好みに合わせた結果なのだろう。

「ニーサマ、お茶です」

「お、ありがとな」

食べ始めて少ししてからシロがお茶を運んできた。

「あなたもどうぞ」

「あ、うん。ありがとう」

無表情に差し出されたお茶を叶は受け取る。それを確認するとシロはすすすと司の後方へと下がりじっと彼の動向を注視する。そして司が距離の離れたおかずを取ろうとするとそれを先回りしてとって彼に渡し、調味料を探すそぶりを見せればそっと目的の調味料を差し出す。司の方もそれが自然になっているのか何事もなくそれを受け入れていた。

「シロ……さんは食べないの？」

恐る恐る叶は尋ねる。さっきからずっとシロは甲斐甲斐《かいがい》しく司の世話をしているだけで、自分が食べている様子はない。

「敬称は必要ありません、シロでいいです」

しかし返ってきたのはそんな返答。

「えっと……」

戸惑う。

「シロでいいです」

しかしシロは無表情に繰り返す。

「あ、うん、えっと………シロ」

「はい」

気圧《けお》されたように叶が受け入れるとシロは頷く。

「それじゃあその、シロは食べないの？」

改めて尋ねる。

「シロに食事は必要ありませんから」

そしてそんな返答。

「必要ないって………」

後で食べるという意味にしては違う気がする。

「あー、それそのままの意味だから」

補足するように司が口を挟む。

「シロは魔導書だからな、普通の食事は必要ない」

「魔導書って………えっ？」

思わず叶は司とシロへと視線を巡らせる。叶の目にはシロはどこから見ても本には見えないし、けれど司も冗談を言っている表情ではない。彼はただ当たり前の事実を告げただけというように淡々と食事を続けている。

「シロが魔術を使ったところはお前も見ただろ」

「そ、それは確かに見たけど………」

司に命じられて確かに風の魔術らしきものを使っていた。

「で、でもどう見てもシロは本には見えないよ？」

魔導書というのだからそれは本のはずだ。シロは確かに常に無表情だし、やたら綺麗な白い髪に肌だが少なくとも人の形をしている…………彼女を見て本を連想する人間はまずいないだろう。

「確かに人の形ではあるがこれでちゃんと本の属性は持ってるんだぞ？　対策しないと火で燃えやすいし水にも弱い」

「ごめん、全然わかんない」

急に本の属性とか言われても困る。

「まあ、そういうもんなんだよ。俺もこれに関しては詳しく説明しろと言われたら困る」

つまりは司もよく知らないらしい。

「事実なのはシロが魔導書だってことだけだ」

「はい、シロはニーサマの魔導書です」

司の言葉をシロが肯定する。

「えと、うん…………そもそも魔導書って、なに？」

こうなると叶はもう根本から尋ねるしかない。司たちの言う魔導書と叶の想像する魔導書には大きな開きがあるみたいだし。

「ニーサマ、お茶のお代わりです」

「ああ」

注《そそ》がれたお茶を司は一息で飲み干してコップをテーブルに置く。

「さっきも言ったが魔導書ってのは人が魔術を自分で使わずに利用するべく作ったものだ。魔術とその根源たる知識は使うどころか知るだけで害になるものだからな………それなら自分以外の存在に覚えさせて使わせればいいという発想なわけだ」

そうすれば自分は代償を支払うことなく結果だけを得ることができる。

「その理屈はわかるけど………人型でないと駄目なの？」

何かこう、道具のような形にはできなかったのだろうか。

「あー、例えば魔術を唱えるところを録音してそれを再生したとして………それで魔術が発動すると思うか？」

答える代わりに司はそんなことを尋ねる。

「………しないと、思う」

理屈はないが叶はそう思う。今までの話を聞く限りそんな簡単なものではないはずだ。

「正解、魔術はただ唱えれば使えるってものじゃない。魔術を発動させるには三つの要素が必要だ………それは呪文に燃料に触媒だ」

司は指を三本立ててみせる。

「呪文はわかるけど………燃料と触媒ってなに？」

「生命力と意思」

端的に司が答える。

「生命力は魔力って言い変えてもいい。それは酸素や栄養とは別に人が生きて行くために必要な何かで、魔術はそれを燃料として必要とする。消費する燃料は多いほど効果も高まるが、生命力なんだから消費すればするほど当人を衰弱させることになる」

「じゃあ意思が触媒っていうのは？」

「理屈はわからないが魔術って代物は人の意思を触媒……何らかの生命の意思が関《かか》わらないと発動しない。しかもその意思が強いほど触媒としての効果が高まるらしく威力が高くなる………まあ問題はそれだけ強い意思を触媒にすればその分理解も深まってしまうことだが」

つまるところ魔術の効果とその代償は比例の関係にある。

「まあそんなわけで意思のない道具には魔術は使えない」

「だから、人間みたいな魔導書を作ったってことなの？」

司の傍《そば》に控えるシロへと叶は視線を送る。

「………その方が都合もよかっただろうしな」

「都合？」

問い返すと司はすっと表情から感情を消した。

「代わりに魔術を使わせるための魔導書だができればそれは便利なものにしたい。記述できる魔術の容量も多いほうがいいし、それになによりもこちらの命令に対して的確に行動するだけの知能も必要だ……そんなものを一から作り出すのは大変だと思わないか？」

「………」

技術が発達した今でこそ人工知能は広く知られた存在だ。人間のように動くロボットだって開発されている……けれどそれは今の時代ですら理想には届かない。とても目の前の人と変わらぬように見える少女を再現することはできないだろう。

「一から作り出すよりもあるものを使った方が楽なのは決まっている……だから魔導書を作るための材料には人間が含まれている」

「!?」

話の流れから半ば予想していた事実。しかし司がそれを口にした瞬間、反射的に叶は身を引いていた……今しがたまで普通に会話していたはずの司の存在が、その瞬間にまるで違うものになってしまったかのように見えたのだ。

「人間を、魔導書に改造するってこと、なの？」

震える声色《こわいろ》で叶が尋ねる。

「改造とは違うな」

司はそれに首を振る。

「魔導書は元となった人間とは別の存在だ。もちろんまるで影響がないわけじゃないがせいぜい容姿が血の繋《つな》がりを感じる程度似るくらいだ………重要ではあるがあくまで材料の一つにすぎないんだよ。人格や記憶が残ることもない」

必要なのは魔術を使うための道具であって魔術を使える人間ではないのだ。

「シロ………も？」

「そうだ」

司が頷く。シロも誰《だれ》かの犠牲のもとに生まれた存在だと。

「司が、シロを作ったってこと？」

恐る恐る叶が尋ねる。

「作ってねえよ」

即答。その表情に浮かぶのは呆れ。

「むしろ俺はその作った奴をぶっ殺したい側だ………というか今更こっちを警戒してくるのおかしいだろ。するなら最初に疑ってこい」

面倒くさそうに司が言う。

「う、でも」

言葉の下に感じる司の苛立《いらだ》ちに叶は涙目になるが、急に血生臭い話をする司が悪いと叶は思う。信用していても思わず警戒を抱いてしまうような内容だったのだから。

「まあ、この話に危機感を覚えてくれるならそれは何よりだがな」

司は声を和らげて叶を見る。思わず感情を込めてしまったがそれは叶に対してのものではなく全ての元凶に対してのものだ。むしろ今の話に警戒も抱かないようでは叶の将来に不安を感じるレベルとも言えるのだし。

「下手に関わればお前が魔導書の材料にされてしまう可能性だってある………そのことは肝《きも》に銘じておけよ」

「………うん」

強い口調で告げる司に叶は素直に頷く。

「で、話を戻すがシロは魔導書で人間とは違う。活動に必要なエネルギーはその所有者から賄われる………つまりは俺だな。だから食事は必要ない」

「ああ、えっと、うん」

後半の話に衝撃を受けて忘れていたが思えばこの話のきっかけはそれだった。しかし納得したところでふとシロへと視線を向けて叶はしばし思考を停止する。

「あの、さ」

「ん？」

「ものすっごく食べてるよ」

叶の視線の先ではいつの間に用意したのか、シロが手にした皿の上のケーキを黙々と食べている。しかもホールだ。それを無表情に淡々と、速くはないが継続して食べ続けている。それは食べているというより処理しているという言葉がしっくりくる光景だ。

「あー、あれは昨日フランボワーズって洋菓子店で買っておいたケーキだな。普通とは違う保存の仕方をしてあるから味は落ちてないはずだ」

「確かにあそこのケーキは美味しいけど、ケーキは基本的にその日で食べるものだけど私が言いたいのはそういうことじゃないの！」

叶はシロを指さす。

「食べてるっ！」

「必要がないだけで食べられないとは言ってない」

平然と司は答える。

「まあ、嗜好品《しこう》だよ。シロは甘いものが好きだからな」

「………へー」

なんだか納得はいかないが、それでもなんとなく叶はほっとする。人ではない存在と聞いてシロを見る目は少し変わってしまったが、それでもケーキを食べている彼女を見れば忌避《きひ》する相手ではないと思えるような気がする………無表情だけど。

「言っとくがシロみたいな魔導書は珍しいからな」

そんな叶の内心を読み取ったのか司がそんなことを言う。

「普通の魔導書は所有者の言われるがまま行動するだけで自我は希薄だ………道具として使

うんだからそうじゃないと困るからな」

魔導書はあくまで魔術を使うための道具だなのだから。

「………そう、なんだ」

「ろくでもない話だろ？」

自嘲《じちょう》するように司が苦笑する。

「ま、今日の話はこんなところだ。送ってやるから帰ってゆっくり休むんだな」

「あ、うん」

気が付けばテーブルの上の料理も全て片付いていた。合間合間で司はきちんと食べていたらしい……食べきれる量ではなかったと思うけど。

ともあれ、素直に送られて叶はアパートを後にした。

「………ふはー」

温かいお湯に肩まで浸《つ》かって叶は心地よい息を吐いた。自宅のお風呂《ふろ》というのは誰に気を遣うこともなく身も心もまっさらになってリラックスできる場所だ。お湯から伝わってくる熱が今日の疲れとともに心労も取り去ってくれるように思える。

「今日は本当に疲れた」

口元までお湯に顔を沈めた状態で叶は呟く。今日は本当に色々なことがあり過ぎた。特に精神的な負荷がとても大きく、それに引っ張られてか体も怠《だる》く感じられる。できることならこのままずっとお風呂に浸かっていたいくらいだ。

「………濃すぎるよ、ほんと」

今日一日を思い返せば本当に濃い。できれば三日くらいに分けてほしい密度だ………そしてその何もかもがあの二人が教室にやって来たところから始まった。司とシロ。この世ならざる知識の抹消者とその魔導書。

「よくわかんない二人」

思い浮かぶのはシロを撫《な》でる司とそれを無表情に享受《きょうじゅ》するシロの姿。説明を受けた限りでは道具とその主という関係のはずなのにそのようには見えない。少なくとも司の方はシロに対して情をもって接しているように見えた………そのあたりを聞いておくべきだったと叶はちょっと後悔する。魔術や魔導書に関する説明は聞いても二人に関してはほとんど聞けていなかったのだから。

「………明日聞けばいいかな」

どうせ学校に行けば明日も会うのだから。

「それにしても魔術、魔術かあ………」

呟きながら体を浴槽《よくそう》に倒し、お風呂場の天井《てんじょう》を眺める。家を買う時に母親の一存で広い浴槽にしたらしいが叶もそれは正解だったと思う。寝そべりながら足を伸ばせる広い浴槽はとても解放感があって素晴らしい………だらしなく素足を絡《から》めても見られることを気にする相手も咎《とが》めてくる相手もいないのだから。

「やっぱちょっと憧れるよね」

司の使っていた炎を纏《まと》う剣にシロの使った霧を吹き飛ばした風の魔術。見たのはあの二つだけだがその光景を思い出すだけでも胸がわくわくする。もちろんその危険は説明されて理解はしているが憧れる気持ちがそれでなくなるわけではない。

「私にも使えたらなあ」

理解するだけで危険な知識………けれど話を聞く限りでは一つの魔術を覚えただけでどうにかなってしまうようなものではない。叶は魔術に憧れてはいるが魔術師になりたいと思っているわけではない………だから何か一つ小さなものくらいなら大丈夫じゃないかと思う。

「えっと確か」

あの時の光景を叶は思い浮かべる。暗いあの廊下でシロが再構成されつつあった青黒い犬たちに対峙した時の姿と言葉を。

「突風の記述による魔術を実行」

それと同じ言葉を寸分違わず叶は唱え、その声がお風呂場に反響する。

「………なんてね」

叶は苦笑する。もちろんできるなんて思っていなかった。魔術を使うにはこの世ならざる知識が必要でそれを叶は知らない。あの言葉は魔術の発動に必要なものであっても知識そのものではないのだろう………けれど一度は試してみたくなる誘惑があって、お風呂場という個室はそれに適していたというだけだ。

「叶！　新しいタオルここに置いておくわよ～！」

「ぶほあっ⁉」

しかし直後に聞こえた母親の声に思わず叶は体勢を崩して湯船に沈み込む。聞こえたのだろうか、聞かれたのだろうか。ここが一人だけの空間だからと思わず試してしまった中二心全開の魔術のお試しを。

「あ、ありがとっ！」

とりあえず湯船から顔を引っ張り出してそれだけを返す。

「独り言もほどほどにね～」

そして母親の去り際《ぎわ》のその一言に、叶は再び湯船の中へと顔を沈めた。


「よくよく考えたら私二人の目的を聞いてない！」

翌日の朝の教室。司とシロが登校して席に着くと叶は真っ先に二人の下にやって来た。その顔に浮かぶのは少しほっとした表情。どうやら待っている間二人が登校してこない可能性に思い至っていたらしい。

「そりゃ話してないしな」

昨日話したのは司たちが何者かと魔術に魔導書についてのことだけだ。

「なんで話してくれないの！」

バンッと司の机を叩《たた》く。それが肝心の部分ではないのだろうか。

「魔術関連に関してはお前が危険に踏み込まないための警告として伝えたんだ……目的まで話したらそれが無意味になるだろ」

「どういう意味？」

「俺の目的を話したらそれに関わらない自信はあるか？」

「ないけど」

さらりと叶は答える。聞いたら間違いなく首を突っ込む自信が叶にはある。

「それが理由だ。こっちの目的が片付くまでおとなしくしてろ」

それが誰にとっても最善の選択だ。

「うー、私がそう言われて素直に従うと思う？」

「………見えないな」

むしろ逆にやる気を出すタイプに見える。

「言っておくけど、私はまだ昨日のことを許したわけじゃないんだからね」

危うく騙されかけたあの体験は叶にとって思い出すだけで腹立たしい………なにせ自分がおかしくなってしまったのかと真剣に考えさせられる羽目になったのだ。その時感じた恐怖を思えばそう簡単に許せることではない。

「まあ、ありゃ悪かったよ………俺も少し雑だった」

それに司は素直に謝罪する。対応を面倒がってるというよりは司自身もそのことには罪悪感を抱いているように見えた。

「あの時は余計な魔術を使わないで済むいい手段だと思ったんだが………騙された当人にしてみればそりゃ最悪の気分だわな」

「うん、それはもう最悪だったんだからね」

その腹立たしさを隠すことなく頬《ほお》を膨らませて叶は司を睨みつけた。その視線に怯《ひる》むことなく、けれど司は叶から目を逸《そ》らして周囲を見やる。叶のその剣幕はＨＲ《ホームルーム》前の喧騒《けんそう》に紛《まぎ》れてはいるが何人かはこちらに視線をやっている……特に叶の友人である雲雀《ひばり》はハラハラするような表情でこちらを窺《うかが》っていた。

「シロ」

司が呼ぶと控えていたシロがすっと司に顔を寄せる。

「改竄《かいざん》の対象に叶も加えておいてくれ」

「はい、ニーサマ」

頷くとシロは司から一歩離れ

「改竄の記述による魔術を実行」

呟き、その体が淡い青色の燐光《りんこう》を放つ。

「ちょっと⁉」

それに驚いたのは叶だ。止める間もなく行われた魔術の行使に慌《あわ》てて叶は周囲を見回すが特に何か変化が起こったようには見えない。シロの行動や言葉も誰も聞いていなかったのか注目すらされていないようだった。

「別に害のあるような魔術じゃない。ちょっと俺たちに関する情報を自動的に改竄……簡単に説明すれば注目されなくなるだけだ。仮に俺たちの行動に対して何か疑問に思うようなことがあっても勝手に納得できる情報に改竄される」

「………それって昨日皆が罹《かか》ってたやつだよね」

「正確には対象はみんなじゃなくて俺たちの情報っていう概念にだがな………念の為にその対象にお前も加えといただけだ」

関わりをやめる気がないというのならしょうがない。

「害は、ないんだよね？」

「間接的なものだからな………魔術そのものは害だが、それによって起こった現象自体に害はない。魔術で起こしても火はただの火だ」

普通ではない火を熾《お》こす魔術もあるがそれは別の話だ。

「まあ、その辺は私にはよくわかんないから信じるしかないけど」

仕方ないというように叶は納得する。

「それなら、場所を移して説明してもらうからね」

「………もうすぐＨＲだぞ？」

「その辺もさっきのでどうにかなるんだよね？」

「まあ、そうだが」

三人がいなくても勝手に納得する情報に改竄されるはずだ。

「お前割と順応性高いな」

「誰のせいだと思ってるのよ！」

思わず叶が叫ぶ。

開き直らないとやってられるわけがない。

「それで、一体何が目的でこの学校に来たの？」

人気《ひとけ》のないほうへと適当に廊下を歩きながら叶は尋ねる。すでにＨＲの始まる鐘は聞こえたがシロの改竄の魔術とやらが働いているのか呼び止められることもない。

「大体の想像はつくだろ？」

「……魔導書か魔術を使う人間、だよね」

何者かと尋ねた時にこの世ならざる知識の抹消者だと司は答えた。それはつまり魔導書や魔術の知識のある人間を追っていると考えて間違いはない。

「昨日襲ってきた青黒い霧の犬…………あれに襲われて老化した生徒が何人もいるってのは知ってるだろ？」

「…………知らない、けど」

「おい、自称オカルト好き」

自分の学校の噂《うわさ》話も集めていないのかと司は呆れた顔になる。

「たまたまだもん、たまたま！　それ以外なら何でも知ってるもの！　なんならこの学校の過去の七不思議から噂話までこの場で網羅してあげるから！」

「いや、いらん」

涙目になって叫ぶ叶を司はバッサリと切る。

「ちょっとくらい聞いてくれてもいいじゃない……」

叶は頬を膨らませて不満げな顔をするが司はそれも無視した。

「それでお前さんの知らん噂話の詳細だが被害者は九人。その全員が老化のような症状を見せて衰弱、中には昏睡《こんすい》したままの状態の生徒もいるみたいだな」

「………それって大事件だよね？」

青黒い霧の犬が原因というところが信じられなかったとしても、その被害だけで大騒ぎになってもおかしくない。人が急に老化することなんてありえないから、何か新種の病原菌か何かかと即学校閉鎖になってしかるべきだ。

「まあ、そこは大事件になると困るから俺の依頼主が抑えてる状態だな。幸い被害者の学年はバラバラだし、学年で三人くらいならインフルエンザあたりでとりあえずはごまかせる………まあ、隠し切れずに多少噂話にはなってるみたいだが」

とはいえ、あくまで噂話であり学園を挙げての大騒ぎというわけでもない。何せ自称オカルト好きの生徒が聞いてすらいない程度だ。

「それが魔導書の仕業《しわざ》なの？」

「昨日で確証が得られたから間違いないな」

「…………何のためにそんなことするの」

「さあ」

　興味なさそうに司は答える。

「魔導書を手に入れた一般人の行動は短絡的だからな…………多分聞くとどうでもよく思える理由だと思うぞ？」

「ちょっと待って…………普通の人、なの？」

　聞き捨てならない言葉に叶が歩く足を止める。

「ほとんどの場合はな」

　驚く叶とは対照的に司は淡々と答える。

「魔導書を作っては誰彼《だれかれ》構わずばら撒《ま》いている馬鹿がいてな…………俺のメインの目的はそっちで今回の相手はその情報を得るための手がかりだ」

　だからまあ、と司は続ける。

「とっとと捕まえようとちょっと俺も焦《あせ》ってたのかもな」

　叶への対応もそのせいで雑になった。

「そう、なんだ」

魔導書を作る、その言葉に叶は自然と昨日聞かされた話を思い出す。それはつまりそのために人を殺している輩《やから》がこの街に存在する可能性があるということで……それを考えるだけで背筋が凍り付くような感覚に襲われる。

「大丈夫か？」

「え、うん」

反射的に叶は頷く。

「と、ところでその……魔導書を持った人間を見つけたらどうするの？」

そしてごまかすようにそんなことを尋ねる……なぜだかわからないがその恐怖心の理由を追及されたくはなかった。

「基本は話し合いだよ」

そんな叶の内心を知ってか知らずか司は答える。

「それ、ちょっと意外かも」

正直に言えば程度の差はあっても荒事だと思っていた。

「魔導書を悪用しているのは確かだがまだ死人は出てないからな。おとなしく魔導書を引き渡すなら悪いようにはしないと取引する……まあ、まともに交渉できる正気が相手に残ってたらだけどな」

「え」

司の言葉に叶は彼を見やる。

「正気って…………魔導書はそうならないための物じゃないの？」

人が魔術の代償を支払わずに利用するための物だと昨日説明されたはずだ。

「魔導書ばら撒ていてる奴は相手にそんな説明をしない…………それに魔導書は本だからな」

人の形をしていても本の属性もあるのだと司は昨日説明していた。

「本だと、なにかいけないの？」

そもそもなぜ人の形をしたものに本の属性をつける必要があるのか叶にはわからない。

「本ってのは人が人に知識を伝えるための物だ…………人が存在しなければそれはただの紙の束《たば》にすぎない。人が存在するからこそ本という存在は成立する」

「…………つまり？」

「本という属性を与えられている以上は魔導書の存在には人が必要だ。だから人に所有されていないとその力も使えないし所有者に逆らうこともできない」

だからこそ人の形をしたものに本という属性をわざわざ与えた。元々魔術という知識を保存し行使するための存在だからその属性も与えやすかったのだろう。

「ところがだ、本というのは読むための物だ」

「それは知ってるけど」

「そんな本に命を与えると読まれたいという本能が働くらしい」

無機物であれば意思はない。しかし魔導書は魔術を使うために命があり、希薄ではあっても意思がある。

「それって…………つまり」

叶の顔がしかめられる。

「そう、ただ使われるだけじゃなく魔術の知識を所有者に伝えようとする」

そして所有者がその知識の危険さを理解していなければどうなるかは明白だ。

「大変じゃない！」

「その通りだ」

叶の言葉に司は肩をすくめて頷く。

「もちろん途中でその危険に気づくこともあるが…………正気の失い方も様々だからな。判断力が低下して言葉すら通じなくなった例もある。個人差はあるが、時間が経《た》てば経つほど魔術の知識に汚染されている可能性は高くなるな」

「…………今回の場合は？」

「事件が起きてからまだそれほど経ってないから、見込みはなくもない」

少なくとも被害者を殺さないだけの理性は残っているようだし。

「ところでそれって司は大丈夫なの？」

ふと気になって叶は問いかける。

「なにが？」

「だってシロも魔導書なんだよね？」

「ありえません」

司の裾《すそ》を摑《つか》んで後ろについていたシロが急に割り込む。

「シロがニーサマを害することは絶対にありえないです」

淡々とした口調で、しかし叶の眼前まで無表情で迫って繰り返す。

「そ、そう……そうだよね、うん」

そんなシロの行動に気圧されて叶はかくかくと何度も頷く。

「あー、シロは魔導書としては特殊だから」

助け舟を出すように司が言う。

「読ませたいっていう本能はちゃんとあるけど害はない」

「ああうん、そうなの…………すごい納得した」

あはは、と叶は乾いた笑みを浮かべる。目の前にはまだシロがいた。

「…………」

そんな叶をシロは見定めるようにじっと見つめる。

「わかったならいいです」

最後にそう告げてシロは再び司の傍に戻って彼の裾を摑む。途端に圧迫感が消えて叶は涙目になりつつほっと一息ついた。

「ところでお前は何でオカルトなんざ好きなんだ？」

話を変えるように司が尋ねる。

「えっと、それはまあ……………ワクワクするから、かな」

急に振られて戸惑いつつも叶は答える。

「ワクワク、ね」

「だってほら、退屈な毎日だと刺激が欲しくなるじゃない」

呆れるような司の視線に言い訳するように叶は言い連ねた。

「じゃあこの状況はお前にとって願ったり叶《かな》ったりわけだ」

「それはまあ、うん」

叶は素直に頷く。本来であればオカルトは体験するものではなく想像して楽しむものだ。心霊スポットに赴《おもむ》くのはその想像をより鮮明にするためであるとも言える…………それが現実となって実際に体験できるのだからワクワクしないはずもない。

「ま、最後まで同じことが言えたら褒めてやるよ」

そんな叶を司は意味ありげに見やる。

「じゃ、行くぞ」

「え、うん」

　再び歩き始めた司に慌てて叶も足を進める。

「でもどこに？」

　特に目的があって歩いていたわけじゃないはずだ。そして主要目的であった叶の聞きたいことは概ね聞いてしまっている。

「今話した目的を果たしに行くんだよ」

「え…………え？」

　言葉の意味が理解できるが故《ゆえ》に理解できず、叶は口をぽかんと開ける。

「それってその魔導書で事件を起こした相手のところに行くってことだよね？」

「それ以外の意味に聞こえたか？」

「聞こえないけど、聞こえないけどさあ…………」

　だからこそ、その展開について行けない。

「こういうのってもっと地道な調査とかがあるものじゃないの？　それで私が足を引っ張ったりとか役に立ったりする一幕があったりなかったりするもので！」

「そういうのは普通の事件でやってくれ」

　呆れるような声で司は返す。

「生憎《あいにく》とこれは魔術の絡んだ普通じゃない事件なんでな」

普通の法則をまるで無視して行使されるのが魔術というものなのだし。

「そ、それに普通そういう所に踏み込むのって放課後とかじゃないの？」

「授業中の方が邪魔が入らないし不意も突けるだろ」

生徒は教室に集まっているから不測の事態も起こりにくい。生徒が自由に行動できる放課後の方が巻き込む可能性は高いとすら言えるかもしれない。

「わ、私も行くの？」

「そういうつもりで言ってるんだが」

思わず尋ねた叶に司は平然と返す。

「普通こういう時って素人《しろうと》は置いて行こうとするもんじゃないの⁉」

「普通はな」

それに司も異論はない。

「でもお前どうせ俺とシロの姿が消えたら探しに行くだろ？」

「う、それは………」

確かにもし司たちの姿が見えなくなったら自分は探しに行くだろうと叶も思う。

「見えないところでウロチョロされて相手に捕まったりする方が面倒だからな、それなら最初から目に届くところに置いておいた方がいい………それに」

司は叶を見てにぃっと嗤《わら》う。

「現実を知るには早いほうがいい」

「………言われなくてもわかってるわよ」

そんな司に叶はそう言葉を返す。別に叶だって子供じゃない。魔術についてもその危険性は説明されたし、好奇心だけで挑んでいいようなリスクではないことは理解している………だけどそれでもこの胸のワクワクが止められないのだから仕方がないではないか。

「………」

そんな叶に司はあえてそれ以上言葉をかけなかった。ただ小さく肩をすくめる。

「と、着いたぞ」

そしてその間に目的の場所に辿《たど》り着いたらしく司が足を止める。

「ここ、図書室？」

叶の目の前には図書室とプレートのかかった扉。話に夢中で人気のないほうへと歩いているくらいにしか思っていなかったが、授業中なら確かに図書室の周辺には人気は全くない。

「目的のお相手はこの中だ、多分」

司も図書室の入口へと視線をやる。扉は閉まっているし図書室は外から覗《のぞ》ける作りにはなっていないので中の様子は窺えない。近くの壁にお勧めの本などの紹介や新刊の告知などの紙が貼《は》ってあるくらいだ。

「多分って………確証はないんだ」

「少なくとも昨日の魔術はここから使われてた」

怪訝《けげん》そうな叶に司が答える。

「時間が経ってると難しいけどな、その場で使われた魔術ならその発生源がどこかはシロが感知できる…………問題は相手がたまたま図書室から魔術を使っていただけなら、今日はいない可能性があるってことだ」

だからあくまで多分。

「それなら昨日のうちに行けばよかったのに」

「…………あのなあ」

呆れる表情で司が叶を見る。

「それはつまりお前が何の事情も理解してない状態で行くってことだぞ?」

司への信用もなく、魔術の何が危険なのかも理解しないままで。

「それはその、うん…………その通りかも」

素直に叶は頷く。恐らく碌《ろく》な結果にはならなかっただろう。

「ま、わかってるなら精々《せいぜい》おとなしくしておくこった。自分から突っ込んでいくような馬鹿でもしない限りは責任もって守ってはやるから」

「…………そんな馬鹿なことしないわよ」

司は自分のことを子供扱いし過ぎだと叶は思う。

「じゃ、入るぞ」

司が促すように言って図書室の扉に手をかける。

少しの反発心を抱きながら叶は彼が扉を開けるのを見守った。

図書室の扉には鍵《かぎ》がかかっておらず、三人はすんなりと入ることができた。利用時間外は普通閉まっていると思っていたから少し司は拍子抜けした……まあ、閉まっていたところで無理矢理に入っていただけだが。

「まあまあ広いな」

館内は結構な広さがあるようで棚に遮《さえぎ》られて奥行きが見通せない。入ってすぐのあたりに新刊を並べる棚と受付のテーブルが通路を挟むようにあり、少し先に利用者用の机と椅子《いす》が並んでいてそのさらに奥に本棚が無数に並べられていた。

「誰もいないみたいだね」

叶が呟く。館内は静まり返っていて人の気配はない。軽く見渡した範囲でもそれらしき人の姿はなかった……と、受付の奥の扉が不意に開く。

「今は授業中のはずですが」

そこから現れたのはやや年の盛りを過ぎた女性。短く纏めた髪に化粧が薄めでいかにも真面目《まじめ》そうな雰囲気………しかしその容姿は間違いなく美人だと言えるもの。確かにその見た目は年齢を感じさせるがそれは容姿を損なうものではなく、女性にとってこんな風に年をとりたいと感じさせるような雰囲気だった。

「司書………さん?」

現れた女性に叶は見覚えがあった。この図書室の司書だ。図書室を利用した時にその姿を見たことがあるし何度か会話も交わしたことがある。司書であれば職場はこの図書室だし今この場にいても不思議ではない………そして恐らくは昨日の放課後もこの場所にいたはずだ。責任者である彼女は誰よりも長い時間この場所にいる。

「あなたたち、一体何の用ですか?」

その簡単な事実に気づいて少し青ざめる叶へ疑うような視線を司書が向けてくる。胸元《むなもと》のネームプレートには赤井水瀬《あかいみなせ》と名前があった。

「あんたの所有する魔導書を譲り受けに来た」

しかし躊躇《ためら》うことなく司はその目的を口にする。

「ちょっと、司⁉」

普通はこういうものは少しずつ会話して探りを入れるものじゃないだろうか。

「ここは本を借りる場所であり本を譲る場所ではありません…………それに魔導書？　ごっこ遊びがしたいなら授業時間外にするべきですよ」

赤井は呆れるような冷たい視線を二人へと向ける。

「あなたたちのクラスと担任は誰ですか？　このことはしっかりと報告させてもらいます」

そして毅然《きぜん》とした口調でそう告げた。

「ごまかそうとしても無駄だぞ？」

けれど司は一切《いっさい》気圧されることなく赤井を見返す。

「情報改竄の魔術に影響されずに普通に会話できてる時点で、お前が魔導書を所有しているのは明白だからな」

魔導書の所有者は魔術に対する抵抗力も高い。魔導書はその活動と魔術の行使に所有者の生命力を必要とするので、単純にその所有者は普通の人間よりも倍以上の生命力を有していなくてはならない…………そしてその生命力は魔術に対する抵抗力でもあるのだ。

司がシロに使わせた情報改竄の魔術は普通の人間に効果のあるギリギリのもの。魔導書を所有できるような人間なら違和感すら覚えずに抵抗してしまうだろう。もちろん叶のように抵抗力があっても魔導書を所有していない人間もいる…………しかしそんな人間が疑わしい場所にいたと考えるよりは魔導書の所有者だったと考えたほうが自然だ。

「あ、そう…………その情報改竄というのはよくわからないけど、ばれているのなら仕方ないわね」

そしてその司の予想はやはり外れなかった。彼の言葉に赤井は取り繕った表情を崩す。

「ミコト、おいで」

そして赤井が誰かの名前を呼ぶと、彼女が出てきた奥の扉からさらに誰かがやって来る。としの頃《ころ》は司たちよりも幼く見える。腰まで伸びた長い黒髪に前髪は眉毛《まゆげ》の上でぴったりと横に揃《そろ》っている。肌は白くその表情には何も浮かんでいない…………まるで日本人形のようなその容姿にゴスロリのような黒い薄手の衣装を着こんでいた。

「それがあんたの魔導書か？」

「そうよ」

隠すことなく赤井は頷く。

「生命の魔導書。私はミコトって呼んでるの」

「…………」

名前を呼ばれても少女は反応を見せない。命令されるまでただ所有者である赤井の傍に静かに控えるだけ…………それを見て司がシロが特殊な魔導書であると言った理由が叶にも理解できた。あの少女のような状態が魔導書としては一般的なのだ。

「それを素直に渡すならあんたがこれまでにしたことは全部不問にしてもいい…………その後のあんたの生活にも干渉しないと約束する。もちろんそれを入手した経緯なんかも詳しく話し

てはもらうけどな」

「それは随分と破格な条件だこと」

くすくすと笑いながら赤井は司を見る。

「素直に渡すなら、だ。それ以外の条件は認められない」

「それはそうでしょうね」

赤井は頷くがでも、と続ける。

「そもそもあなたたちは何者なのかしら？　それがわからないとその条件がちゃんと履行《りこう》されるかもわからないわよね？」

一見すれば司たちはただの学生なのだから。

「俺は黒鳥《くろどり》司、こっちはシロ………この世ならざる知識の探索者だ。基本的には依頼を受けて魔導書や魔術に関わる事件なんかを追っている」

「その娘の説明がないけど？」

赤井が叶を見る。

「巻き込まれた一般人だ」

簡潔に司が答える。叶が何か反論しようとしていたが彼は無視した。

「………まあいいわ、それで今回の依頼者は？」

納得したのかそうでないのか、いずれにせよ赤井は深く尋ねなかった。

「教会だ。魔術や魔導書はその存在自体が異端だからな」

「ふうん、なるほどねえ」

納得したように赤井は頷く。

「あれくらい大きな宗教組織なら、確かにあなたの言った条件を履行できるかもしれないわね」

「なら呑《の》むか？」

「まさか」

からからと赤井は笑う。

「渡すわけないじゃないの。せっかく取り戻した…………この若さを」

「若さって…………え⁉」

赤井の顔を見て叶が驚く。いつの間にかその顔つきがまるで変っていた…………さっきまでは確かに美人ではあっても年齢相応であったはずのその顔が、今は二十代前半くらいにまで若返っていた。

「やっぱりそれが目的か」

そんな赤井に司は驚かず、代わりにため息を吐く。

「やっぱり、って？」

叶が司を見る。

「被害者はみんなまるでその若さを奪われたように老化していたわけだ…………で、結果としてその女を見ればどういうことかわかるだろう？」

「つまり……自分が若返るために生徒をあの変な犬で襲ってたってことなの？」

信じられないというように叶が呟く。

「その通りよ」

そしてそれを否定することなく赤井は認めた。

「ミコトに記《しる》された魔術は生命に関する物。その記述による魔術は人の持つ生命力を奪い取ることができる」

「そしてその生命力を自分に注ぎ込んで若返った、と」

「ええ、見ての通りよ」

満足げに赤井は頷く。確かにその姿が若くて美しい……けれど、その見た目とは裏腹に叶には彼女がとてもおぞましいものにしか見えなかった。

「一応、その理由を聞いても？」

聞くまでもないことだと司も思ってはいるが。

「そんなもの、私にとっては自分の美しさが全てだからよ」

だから他人を犠牲にして自分の糧《かて》にしても罪悪感を見せない。

「そんなことしなくても……充分綺麗だったよ？」

理解できないというように叶が赤井を見る。確かに彼女は若いとは言えない……しかし彼女を見た全員が間違いなく彼女のことは美人であると認識していただろう。年経ても衰えない美しさというものを彼女は体現していたのだから。

「確かにね、ここを利用する女生徒たちだってみんな私のことを綺麗だと褒めてくれたわ」

そんな叶を赤井を見返す。その瞳《ひとみ》に、薄暗い感情を込めて。

「でもね、誰も私のことを羨《うらや》ましいとは思わないし、憧れたりもしない……………それがなぜだからわかる？」

睨みつけるように赤井は叶に問いかける。

「わから、ないけど」

その目に気圧されながら叶は首を振る。

「それはね、口では褒め称《たた》えながら私を見下してるからよ」

それには叶も含まれていると言外に赤井の目が示していた。

「見下してなんか………」

「いいえ、見下してるわよ。綺麗だけど………所詮《しょせん》おばさんだってね」

「⁉」

図星を突かれたというより、単純な驚きで叶は目を見張る。

「どいつもこいつも自分が若いっていうだけで私を見下してるのよ？　美しさを磨く何の努力もしないで、ただ生まれてまだ十数年しか生きていないっていうそれだけでね？」

そこまで言って赤井はハッと笑う。

「だから奪ってやったのよ。その若さの源《みなもと》である生命力をね」

「あー、男子生徒も襲われてたが？」

一応というように司は尋ねる。

「あいつらも年齢だけで私を女と見ようとはしなかった………同罪よ」

侮辱をその顔に浮かべて赤井は吐き捨てた。そんな彼女に司はため息を吐く。

「一応確認するんだがあんたそのミコトは読んだか？」

「読む？」

司の問いに赤井は怪訝な表情を浮かべる。

「何を言ってるのよ………魔導書と呼ばれてはいてもこれは読めるようなものじゃないでしょう？」

「ああうん、わかった」

赤井の返答に司は納得したように頷く。

「天然ものとは久しぶりだ」

そして呆れるように赤井を見た。

「それってどういう意味なの？」

叶が尋ねる。

「あの女は天然でいかれてるってことさ」

この世ならざる知識の影響でも何でもなく、単に元からおかしい…………まあ、力を手にしたことでそれが強く出てしまったという形なのだろうが。

「そう、あなた死にたいの」

冷ややかに赤井が司を見る。

「どうせ殺すつもりだっただろ？」

交渉を蹴《け》った時点でこちらを口封じする以外に選択肢はない。

「ええ、もちろん」

そして今更それを隠す気は赤井にもない。

「残念だけどミコトの魔術で若さを保つには生命力を補充し続ける必要があるの…………それを邪魔されるわけにはいかないでしょう？　私だって人を殺すのは心苦しいことだけど知られてしまったからにはしょうがないことよね？」

赤井のその表情には迷いも躊躇いもない…………彼女にとって他人の命とはしょうがないで済ませられる程度でしかないのだろう。今まで被害者が死ななかったのも、殺せばさすがに大騒ぎになるという程度の認識でしかあるまいと司は推測する。

故に、戦いの火ぶたは切られる。

「最低限耳だけは塞いでろ」

戦いが始まると開口一番に司は叶へと警告を飛ばす。

「わ、わかった」

その言葉に従わないほど叶は愚かではない。だから素直に耳を塞いだ。すでに青黒い犬との戦闘で自分が戦えるような人間ではないことを叶も理解している。

「シロは適当に叶を守ってやれ」

「はい、ニーサマ」

頷きながらもシロのその無表情な視線はミコトと呼ばれた魔導書へと向けられる。司は叶を守れではなく適当に守れと言った。それはつまり付きっ切りで守るのではなく、戦いながら叶が危ない時だけフォローをしろと言ったのだとシロは解釈する。

「ミコト、犬を出してあいつらを吸い殺しなさい!」

「…………命令を承諾しました」

赤井の命令にミコトという名の魔導書は初めて口を開く。

「第五章、猟犬の記述による魔術を行使します」

言葉とともにその体が青黒く燐光し、その色と同じ霧が全身から噴き上がる。それらはいくつかに分かれて集まって無数の塊となり…………それぞれが犬のような形へと変化していく。

「と、またそれか」

司は見ている間に懐《ふところ》から剣の柄《つか》を取り出すと一振りしてその刀身を伸ばす。さらには流れる動作でその刀身に指を這《は》わせてそこに刻まれた魔術の一つを発動させる。硬化。その発動とともにずきりと頭に軽い痛みが走る。

「ニーサマ、どう対処しますか?」

準備を終えると同時にシロが指示を求める。

「継続して散らせ」

「はい、ニーサマ」

シロが頷くのと相手の魔術が完成するのは同時だった。青黒い霧にによって形作られた奇怪な犬が五体。それらが一斉に司たちへと向けてその口を大きく開き…………そこから伸びた無数の舌が真《ま》っ直《す》ぐに司たちへと伸びてくる。

「風精の記述による魔術を実行」

しかしシロはそれに表情を変えず淡々と言葉を紡ぐ。その体が翠《みどり》に燐光しその周囲に小さな竜巻が犬に合わせるように五つ現れ………こちらへ伸びる無数の舌を巻き込むように飛び込んでいく。それはさながら粉砕機のように巻き込んだ舌を元の霧へと散らしていった。

「なっ⁉」

それに赤井が驚きの表情を浮かべる。どうやら彼女はシロが魔導書であることに気づいていなかったらしい。彼女が動揺する間にもシロが魔術で生み出した竜巻は舌を散らしながら本体である犬の下へと迫って、ついにはその体すらも散らしていく。散らされた霧はもちろんすぐにまた集まって犬の形を作ろうとするが………竜巻はそれを散らすことを繰り返す。

何度でも霧が集まって犬になるなら、消えない竜巻が何度もそれを散らせばいいだけだ。

「くっ、ミコト！」

「おっと」

やむを得ず別の指示を飛ばそうとした赤井だが、そこに司が踏み込む。所詮戦闘慣れしてない素人相手、注意が逸れている間にあっさり距離を詰められた………そのまま勢いのままに剣を振りかぶって刀身の腹で赤井の頭を躊躇《ちゅうちょ》せずぶっ叩く。

「がっ⁉」

苦悶《くもん》の声を上げて赤井が床に叩きつけられる。刃を当てていないとはいえ魔術で硬化した剣の腹を思い切り振り抜いたのだ、気絶しなかったとしてもしばらく立ち上がることはできないだろう………というか下手すれば死ぬ。

「よくも、私の頭を傷つけた……わね」

だがそれでも赤井は立ち上がる。しかしその顔は怒りで歪《ゆが》み、元が美貌であってもお世辞にも綺麗とは言えない表情になっていた。

「頑丈だな」

赤井の頭には血が見えない。床に叩きつけられるような一撃を頭に受けて出血すらしなかったということらしい……即座に司は刃を立てて剣を構え直す。情報を引き出すためにできる限りは損傷を与えたくはなかったが、多少はやむを得ないようだ。

「このガキがっ！」

「お前ほどじゃないさ」

摑みかかろうとする赤井に冷静に司は剣を合わせる。そしてその無防備に伸びた右腕を躊躇うことなく切断した。

「ぐっ⁉」

しかし今度苦悶の声を洩《も》らしたのは司だった。赤井は右腕を切断されながらも怯むことすらなく、そのまま残った左手で司の首を無造作に摑んだ。さらに赤井はそのまま見た目からは想像もできないような力で司を吊《つ》り上《あ》げるとその首を強く締め上げていく。

「こ、の……」

だが赤井の右腕はない。司は左手で赤井の腕を引き剝《は》がそうと摑み、右手に握った剣をその胴体へと突き刺す。さすがにこの状態では狙《ねら》いも何もないが、人間は胴体のどこを刺されても大怪我になる。

「ミコトォおおおおおおおおおおおおおおおおおおおお！」

しかし腹を貫かれても赤井は構わずに叫ぶ。恐らくは生徒たちから奪った生命力によって底上げされた結果なのだろうが…………ほんの少し前までただの一般人だったはずの人間が、ここまで痛みも何もかもを無視して行動できるとはさすがに司も想定外だった。

「命だ！　とにかく大量に私へ生命力をよこせ！」

「命令を承諾しました」

赤井の声にミコトが応《こた》える。

「第一章、吸命の霧の記述による魔術を、範囲を拡大して行使します」

言葉とともにミコトの体が青黒く燐光し、それと同時に周囲が一斉に青黒い霧によって包まれる。図書室全域を包みこんだその霧は視界を遮るほど濃くもないが薄くもなく、見通せる範囲は一気に狭《せば》まった。

「よくも」

しかし司にそんなことを気にする暇はなかった。

「私の」

首を絞める左腕の力は言葉とともにどんどんと増していく。

「右腕を」

「くっ」

赤井の体から剣を引き抜いて司はその左腕も切断しようとする…………が、今度はまるで鉄を斬《き》ろうとしたように刃が止まる。

「斬ったわね！」

怨嗟《えんさ》の籠《こも》った赤井の声…………そして司の視界が突然前に動き、直後に後ろへと流れる。それがものすごい力でぶん投げられたからだと気づいたのは、一つ目の本棚をその体でぶち抜く羽目になった時だった。しかも勢いはそれで止まることなく次々に本棚をぶち抜いて騒音と衝撃がその全身をひたすらに打っていく。

そして最後に壁際の本棚にぶち当たってようやく勢いは止まり

重力に従って床へと落ちたその体へと、ゆっくりと本棚が倒れてきた。

「つ、司…………？」

司の飛んで行った先を呆然《ぼうぜん》と叶は見る…………けれど充満する霧のせいで彼がどうなったか

は見通すことができない。ただ本棚が薙《な》ぎ倒《たお》される騒音の後に静かになって………それからは何の音も聞こえてこない。

あっという間の出来事だった。またあの青黒い犬が現れてそれをシロが竜巻を出して対抗して、赤井が驚いているうちに司が彼女へと斬りかかった。それは素人の叶から見ても明らかな司の優勢で、こんなにあっさりと終わってしまうのかと思ったくらいだ………なのに今は状況が逆転していた。

図書室の中はよくわからない霧で満たされ、司は赤井に投げ飛ばされて轟音《ごうおん》の後に沈黙したままだ。

「大丈夫………なんだよね？」

「大丈夫です」

思わず呟いた一言にシロが返答する。いつの間にか彼女は叶の真横に立っていた。

「ニーサマがあれくらいで死んでしまうことはないです」

「そ、そうだよね」

シロの言葉に叶の緊張が解ける。淡々としたその口調が今はありがたい。感情が感じられないだけにそれが事実なのだとすんなりと信じられる。

「そうです、大丈夫です」

淡々と、無表情にシロは繰り返す。

「もし、ニーサマが大丈夫でなかったら…………シロはどうなるかわかりません」

それを聞いた瞬間なぜか叶はぞっと背筋が震えた。どうすればいいかでもなく、どうなるかがわからない。司の死を引き金に自身に劇的な変化が起こるのを予想していながら…………それが何なのか理解できない。

唐突に、叶は納得した。今までも片鱗《へんりん》は見せていたがシロには間違いなく感情はある。けれどそれが表に出ないし、自身でも理解できていないだけだ…………不安とその先にあるかもしれない絶望。それを感じながらも理解できないから、その時にそれを制御できるのかもわからないのだろう。

「そうそう大丈夫」

そんな二人へと優しげな声で赤井が声を掛ける。

「心配しなくてもどうせみんな仲良く死ぬんだから同じところに行けるわよ」

二人を笑いながら赤井は切断された右腕を拾い、傷口に切断面を合わせて押し付ける。何度かぐりぐりと押し付けているとそれだけ右腕では接合し…………確認するように彼女は手の平を開閉させた。

「さすがに学校中から生命力をかき集めると違うわね」

満足げに赤井は繋がった右腕を見やる。

「学校中って…………？」

「そうよ？　私のために生命力を回収してくれるこの霧は、ここだけじゃなくて学校中に広がってるの………本当はここまでするつもりはなかったのよ？　でもいきなり殺されそうになるんだもの、仕方ないわよね？」

その態度は一切悪びれない。

「もっともこれくらい範囲を広げると効果は弱くなるのが難点なの。だからすぐに死ぬようなことはないわ………まあ、こうなった以上私も身を隠す必要があるでしょうし、この際全部回収するつもりだけど」

「っ⁉」

それはつまり今この学校にいる人間を全て殺すつもりだということ………自然とクラスメートや雲雀の顔が叶の頭には浮かぶ。赤井だってこの学校で働いているのだから親しい相手や顔見知りだってたくさんいるだろう。

「あなた、頭おかしいよ……」

なのに躊躇いすら見せず赤井は全員殺すと言っているのだ。

「さっきのガキといいほんと失礼な奴らね」

呆れるように赤井が叶を見る。

「命乞《ご》いくらいすればあなただけは見逃してあげたかもしれないのに」

「………嘘《うそ》つき」

保身のために平然と皆殺しを口にする人間が見逃してくれるはずもない。

「ええまあその通りね」

あっさりと赤井はそれを認めた。

「でも苦しまずに殺してあげるくらいの慈悲はあるわよ？　そのまま舐《な》めた態度を続けるなら気晴らしにたっぷり苦しめて殺してあげるけど」

クスクスと赤井が嗤う。

「さ、私に無様に慈悲を懇願なさい」

「誰が、あんたなんかに……」

反発するように叶は赤井を睨みつけた。自分勝手な理由で皆を殺そうとしているような相手に屈してやるものかと気勢を張る。

「あら、でも体は正直みたいね」

そんな叶をけれどおかしそうに赤井が見た。

「何を…………」

否定しようとして叶は自身で気づく。手が震えていた…………それだけではなく膝《ひざ》もがくがくと揺れている。自分がなぜそんなに震えているのか叶自身にもわからなかった。さらに止めようと意識しても震えは全く止まる気配は見えない。

「口では強がっても死ぬのは怖いみたいね」

「⁉」

死。その言葉を聞いた途端に体の震えが強まる。それどころか膝の力が抜けて床へと崩れ落ちてしまった……それでもなお叶にはへたり込んでしまった自分が理解できない。

「な、なんで？」

立ち上がりたいのに立ち上がれない。確かに叶だって死ぬことは怖いと思うがそれは実感の伴っていない怖さだ。何せ叶は今まで死ぬような目に遭ったことはないしそれに近い体験もしていない。今しがた赤井に脅されはしたが、それにしたって気持ちの上では反発心の方がまだ上回っていた……なのに体はまるでその恐怖を知っているかのように震えて動かない。

「心配ありません」

そんな叶の前にシロが立ち、赤井からの視線を遮る。

「シロはニーサマから叶を適当に守るよう命令されています」

いつもと変わらず淡々と無表情に、けれどその言葉には強さが感じられた。

「そういえばあなたも魔導書だったわね」

そんなシロを興味深げに赤井は見る。

「ミコトとはずいぶん違うみたい……そういえばあのガキはミコトをよこせって言ってたのだっけ。つまりその逆であなたを私のものにもできるってことよね」

魔導書の所有権は移動できるということなのだから。

「せっかくだから私のものにしてあげるわ」

「お断りです。シロはニーサマだけのものです」

はっきりとシロは告げる。彼女が感情を理解し表に出せたら、きっとこの上ない嫌悪感を露《あら》わにしていたことだろう。

「道具のくせに随分反抗的なのね」

そんなシロに少し癪《しゃく》に障ったような表情を赤井は浮かべる。

「そっちの小娘と一緒に手ずから教育してあげるわ」

宣言し、二人に向かって一歩足を踏み出す。


「お前は司書で教育者じゃないだろ」


その瞬間に届く声、それを確認する間もなく赤井のその首元には司の振るった剣が叩き込《こ》まれた。大きく振りかぶったその一撃はしかしその首を落とすことなく、代わりに赤井の体を持ち上げて先ほどのお返しとばかりに吹っ飛ばして棚に突っ込ませる。

「油断した」

それを目で追いながら司は辟易とした声で呟く。

「ニーサマ」

「え、わっ⁉」

シロが叶を抱え上げてすぐさま司へと駆け寄る。

「ぶ、無事だったんだ」

「まあな」

そっけなく司は答える。けれどその言葉通りに確かに無事なようで、ところどころ制服が破れたりはしているものの、大きな怪我や骨が折れたりしている様子はない。

「お前はあんまり無事じゃなさそうだな」

シロから降ろされた叶はまたへたり込んでいた。

「そ、そんなことないもん」

司の物言いに反発するように叶は立ち上がろうとする…………すると思いの外あっさりと膝に力が戻って彼女は立ち上がることができた。

「ほら、大丈夫でしょ？」

「はいはい」

強がってみせる叶に司は肩をすくめる。

「でも、司はいつのまに…………？」

「この変な霧だからな、隠れて動くには困らなかったぞ？」

霧が気配の感知も兼ねていたら無理だっただろうが、どうやらこの霧は使用者である赤井自身の目も曇らせていたようだ…………まあ、それがなくとも叶とシロの二人に注視して気づかれなかったとは思うが。

「こぉおのぉおガぁキぃいいいいいいいいいいいいい！」

「さて、シロ」

叫びながら立ち上がる赤井を無視して司はシロに声を掛ける。

「あいつは俺が抑えておくからその間に読み取りと記述だ…………その後はわかるな？」

「はい、ニーサマ」

シロが頷くと司はその場を駆けだす。

「わ、私は⁉」

その背に慌てて叶が声を掛ける。

「耳塞いで座ってろ！」

「うー、わかったわよっ！」

その雑な扱いには反発したくもあるが先ほどの醜態を思い出すと文句も言えない。叶は潔《いさぎよ》く耳を塞いで目も瞑るとその場にしゃがみ込んだ。

「このクソガキが！　私に勝てると思ってるの！　この学校中の人間の生命力を糧にしてる！　この私に！」

「だから勝てるんだよ」

答えて司は走りながら刀身に指を走らせる。そこに刻まれたもう一つの魔術である発火を発動させ、軽い頭痛とともにその刀身が赤い炎を噴き上げる。

「そんなもの！」

「そうかな」

赤井から伸びる両手を司は身を屈《かが》めるように潜《もぐ》り込んでするりと躱《かわ》す。大量の生命力を注ぎ込まれて強化された身体能力は確かに脅威だ。しかしそれを動かすのは所詮武道の心得すらない素人でしかない………油断せずその動きに集中すれば躱すことは簡単だ。勢いを殺さず司はすれ違いざまにその横腹を剣で斬り抜く。

「ぐ、このっ⁉」

斬れない。しかし焼ける。そして焼かれた痛みは斬られるよりもつらい。その顔を醜く歪ませながら赤井は司を追うために振り返る。

ヒュッ

それに合わせて司の剣が真一文字に走った。炎を纏うその剣が真《ま》っ直《す》ぐに赤井の両目を通り過ぎていく。

「ぐ、ぎゃあああああああああああああああああああ！」

一瞬真《ま》っ赤《か》に染まった視界が真っ暗になって消える。いくら生命力に溢れようが眼球は眼球だ。剣の一撃、ましてやその纏った炎に耐えられるはずもない。

「がぁあ、この！　わた、しの目をっ！」

呻《うめ》き、叫び、片手で目を押さえながらも残る手ででたらめに赤井は暴《あば》れる。そんな彼女を司は無理に相手をしようとせず、すっとその身を引いて距離をとった。

「吸命の記述による魔術を実行します」

そこに司と入れ替わるようにシロが現れて赤井へと飛び込む。暴れる赤井の手を淡々と躱してその背後へと回り込み…………その背に手を当てた。

「なっ⁉」

それと同時にがくんと赤井の体の力が抜ける。その隙《すき》を見逃さず司は再び踏み込んで、冷静にまるで作業するように二度剣を振るい、赤井の両手を焼き斬った。

「言っただろ、だから勝てるって」

告げながら司は剣を空で一振りする。すると剣は纏った炎が消え去って元の刀身が露わになった…………そしてそれを赤井の首筋へとぴたりと当てる。目が見えなくとも自分が何をされているかそれで想像がつくだろう。

「ひっ」

思わず赤井が身を怯ませる。

「さて、状況はわかるな?」

「ミ、ミコト!? ミコトは何をしてるのよっ!?」

最後のよすがである自身の魔導書を赤井は呼ぶ………しかし応える声はない。

「シロ、答えてやれ」

「はい、ニーサマ」

代わりに司が口を開き、それにシロが頷く。

「あなたの魔導書はあちらで動きを封じてあります」

図書室を覆《おお》っていた青黒い霧もいつのまにか消えている。魔導書は人と違って代償なしに魔術を使えるがそれでも無尽蔵に使用できるわけではない。パソコンがメモリの限界を超えてソフトを起動できないように、魔導書も同時に使用できる魔術には限りがある。そしてそれが強力なものとなればなおさらその数は少なくなるのだ。故に学校全域に効果をもたらす魔術ともなればその容量は大きいに決まっている。

そして基本的に魔導書はその自我が薄く、指示された行動しかとらない。赤井はミコトに自分にできる限りの生命力を送るように指示しただけだ。その後は追加の指示することなく司に集中していた………もちろん魔導書だって襲われれば自衛の行動はとる。しかし指示も与えられず別の魔術に大きなリソースを消費した状態の魔導書など、シロにとっては容易に相手できる存在でしかなかった。

「魔導書と共闘せずに自分だけで戦おうとしたのがお前の敗因だ」

確かにあれだけの生命力を自身につぎ込めば何でもできると思うかもしれない………けれど所詮人間は人間なのだ。溢れんばかりの生命力でどれだけ自身を強化しようがこの世界の法則に従う人体の限界を超えることはできない。だからこそ筋肉は固く収縮して剣すら止めることができたかもしれないが、その体は焼けてその眼球も耐えることはできなかった。

結局のところ自身を強化することに使う限り、学園中の生命力を集めたところで過剰でしかなかったのだ。逆に言えばその過剰な生命力を自身の強化ではなく、ミコトにさらに強力な魔術を使わせるための燃料として使っていたら司も苦戦していたかもしれない………もっともひたすらに自身の利と保身しか求めない赤井の思考では、そんな発想は浮かびもしなかっただろうが。

「で、改めて聞くが状況はわかってるか？」

尋ねながら、司はその首筋に当てた剣をわずかに食い込ませる。すでに赤井のその身に溢れていたはずの生命力は消え失《う》せて、抵抗することなく皮膚が斬れて血を流れ出させた。

「わかってるわよ！」

癇癪《かんしゃく》を起こしたように赤井が叫ぶ。

「ならお前の魔導書の所有権を放棄しろ……………そうすれば命だけは助けてやる」

「………っ！」

予想はしていただろう要求にしかし赤井はすぐに返事をしない。状況はわかっている。それでも手放したくない、何か他《ほか》の方法がないかと必死に思考を巡らせる。

「別に」

そんな赤井に司は言葉を連ねる。

「お前を殺してもその所有権は失われる。それをしないのは魔導書とは別にお前に聞きたいことがあるからだ」

「！」

司の言葉にわずかに赤井の肩が跳ねる。情報の価値。もしかしたらそれ次第でうまく交渉ができるのではないかという希望。

「だが別にそれはお前から無理に聞き出す必要もない情報だ。お前から聞けなかったら少しばかり入手が遅れる程度のものでしかない」

そしてその希望を司は即座に打ち砕く。

「優先順位は魔導書でその次が情報だ………お前がどうしても所有権を放棄しないならこの場で死んでもらうしかない」

「わ、わかったわよ！」

司の言葉を遮るように赤井が叫ぶ。

「生命の魔導書の所有権を放棄する！　これでいいんでしょ！」

「それでいい」

頷いて司は剣を引く。

「シロ、眠らせろ」

「はい、ニーサマ」

返事と同時に赤井は体勢を崩して床へと倒れこむ。目の辺りが焼け焦《こ》げているので判別はし難《がた》いが、呼吸以外で動く様子はない………意識を失っているはずだ。

「ごくろうさま」

ささささ、と近寄ってきたシロの頭に司は手をやる。いつものようにシロは抵抗することなくその手を享受して撫でられるがままになる。

「お、終わったの？」

そんな二人の下へと恐る恐るといった様子で叶が近寄って来る。

「ああ、終わった」

シロの頭を撫でたまま司は叶に視線を向ける。それに叶はほっとした表情を浮かべ、次に倒れた赤井へと視線を向ける。

「生きてる、よね？」

「殺さないと約束したからな」

両目も両手も焼き斬ったがそのせいで出血もない。当然治療は必要だろうが、とりあえず今すぐ死の危険のあるような状態でもないだろう。

「そう、生きてるんだ………」

複雑な面持《おもも》ちで叶は赤井を見つめる。とんでもない女だと思うし、自分を含めて学園中の人間を殺そうとした恨みもある………しかし死んでいないことには安堵《あんど》する気持ちもある。それは単純に死というものを忌避する感情と、見知った相手が目の前で人を殺すところを見なくて済んだという安堵もあるのだろう。

「まあ、ここで死んだ方が幸せだったかもしれないがな」

「えっ⁉」

しかしその感傷を司の言葉がぶち壊す。

「こいつは依頼主である教会に引き渡すが、あっちは俺ほど優しくないからな」

憐《あわ》れむような視線を司は赤井へと向けていた。

「教会、なんだよね？」

思わず叶は尋ねる。

「そうだが？」

司が何を今更と聞き返す。

「それ、私の知ってる教会と別の教会ってことはないよね？」

「ないぞ」

「…………」

平然と否定する司に叶は押し黙るしかない。このことはもうあまり考えない方がよさそうだと思えた。

「それで、この後はどうするの？」

警察を呼ぶ、というわけにもいかないはずだ。

「どうするもなにも事後処理だよ…………なにせ学校全体を巻き込みやがったからな」

「あ、そういえば大丈夫なの⁉︎」

慌てて叶が周囲を見回す。もちろんそれで見えるのは荒れた図書室の様相だけだ。ミコトの魔術によって生命力を奪われた生徒や教員がどうなったかはわからない。

「まあ、そいつも言っていたが範囲を広くした分効果は弱くなってたはずだ。意識を失って衰弱はしてるだろうが誰も死んでないだろ」

「で、でも老化しちゃってるんだよね？」

今までの被害者のように。

「別に本当の意味で老化するわけじゃないから安心しろ…………生命力を急激に奪われたことによる影響で老いたように見えるだけだ。生命力をほてんしてやればすぐに治る」

答えて司はシロに視線を向ける。

「あいつが奪った生命力はシロが回収したからな。この後で還元してやればいい…………それでも騒ぎにはなるだろうがその辺は依頼主である教会がなんとかするだろ」

「そ、そうなんだ…………それならよかった」

叶はほっと胸を撫で下ろす。

「そのためにはまず教会への連絡だが…………その前に一つやることがある」

「…………なに？」

「魔導書の回収さ」


そう言って司は所有権を放棄された魔導書へと視線を向けた。

魔導書は人が代償なしに魔術を使うための道具だ。しかしそれは誰でも使うことのできる道具ではない。それを使うにはその魔導書の所有者にならねばならず、所有者でないものの命令を魔導書が聞くことはない。その所有者が死亡するかその所有権を自ら放棄した時にのみ、別の人間がそれを手に入れるチャンスが生まれる。

そして司の目の前には所有権を放棄された魔導書がある。生命の魔導書。ミコトと呼ばれていたその魔導書は所有者を失って停止状態になっていた。目を見開いて無表情のまま立ち尽くすその姿はまるで人形のようにしか見えない。

「ニーサマ、シロはいつでも大丈夫です」

「ああ、じゃあ始めるか」

しっかりと抱き付いて自身の背中に顔を埋めるシロに返答し、司はミコトの頭へとその手を乗せる。何の説明もされていない叶がその光景に困惑してこっちを見ているが、まあ今は放っておく。

手の先に集中して目を瞑る………暗闇《くらやみ》、しかし閉じたはずの目にはすぐに視界が開けて白い空間が広がる。そこはどこまでも白い空間。上も下もその全てが真っ白で、自身が立っているのかすらもそれがどこまで続いているのかすら判別できない………ただ、そこには一冊の本が浮かんでいた。

分厚い装丁《そうてい》の一冊の本。

それが閉じた状態で司の少し先に浮かんでいる。

「ニーサマ、罠《わな》および防衛機能の気配はありません」

「わかった」

この空間には司の姿しかない。しかし響くように聞こえたシロの声に司は頷く。そして本に向かって一歩足を踏み出す。床があるかすらも判別できないただ白いだけの空間。しかし確実に司のその足は本へと向かって近づいていく。

そしてその本を手に取れるところまで近づいて司はその足を止めた。

「検閲《けんえつ》の記述による魔術は正常に機能しています。いかなる知識もニーサマを害する前にシロが検閲して遮断します」

再びシロの声が響き、司は目の前の本を手に取る。すると不意に本は重力を思い出したかのように司の手に収まった。ずっしりと、重い感触の伝わるその本の表紙を司は目にする。

生命の魔導書

そこにはそうシンプルに記されていた。それを確認すると司は慎重にその表紙をめくる……それ以外のところをめくらないように、表紙だけをしっかりと摑んで。

表紙を開くと最初に目に入ったのは目次と書かれたページ。一章から終章までがそれぞれの節ごとに丁寧に記されている…………しかし司の目的はそこではない。固く厚い表紙の裏側に記された文こそが司の目的だ。

生命の魔術を記したこの本の主《あるじ》となるならば署名せよ

そこにはただ一文そう記されていた。そしてそこに書けという意味であろう横線が下の方に一つ。その線の上には記された名前はなく、消された跡もないただの空白だけがあった。

「…………」

他のページが開かないようにしっかりと左手で本を押さえ、司は右手で何かを握るように形を作る。もちろんその手には何も握られていない…………しかしその次の瞬間にはその右手にはペンが握られていた。古めかしい時代を感じさせる羽ペン。そのペン先は今しがた付けたばかりのような黒いインクで濡《ぬ》れている。

黒鳥司

躊躇うそぶりも見せずに司はそのペンで署名する。空白にしっかりとその名前が刻まれ、必要な役目を果たしたペンが霞《かす》んで消える…………起こったのはそれだけ。署名によってその空間に何か変化が起こるわけでもなく、ただ空白の署名欄に名前が刻まれただけだ。

「…………ふう」

そして司は本を閉じる。それ以上の目的は司にはない。知らねば無防備に他のページをめくってしまうこともあっただろうが、彼は知っている。その本を読む必要も理由も存在しないのだと……それはこの世ならざる知識なのだから。

「シロ、終わったぞ」

「はい、ニーサマ」

次の瞬間には司は目を開き元の図書室へと視界は戻る。荒れた館内の光景になぜか顔を少し赤くしてこちらを見つめる叶。抱き付いたシロの感触……終わったという司の言葉に頷きつつもその体勢は変わらない。

しかし一つだけ変化していることがあった。司が頭に手を乗せている生命の魔導書。先ほどまでは空虚にただ開いているだけだったその目が、今はしっかりと司へと向けられている。

「生命の魔導書はあなたを所有者だと認識しました」

そして口を開き、淡々とそう告げた。

「ああ、よろしくな」

そんな少女へと司は笑いかける。

たとえ、それに何の反応もないと分かっていても。

三章　災厄は唐突にやって来る

chapter 3

book texts fragments manuscripts

　平穏とはとても素晴らしいものだと叶《かの》は実感していた。ベッドの上から見えるのは見慣れた部屋の天井《てんじょう》。横に目をやればテレビの中で司会者が面白《おもしろ》おかしく何かを紹介している。それは特に気になる内容ではないが、今は誰《だれ》かの何気ない声がただひたすらに愛《いと》おしく感じられた。雲雀《ひばり》の言っていた日常のありがたさが今の叶にはとてもよく理解できる。刺激はそう、時々でいいのだ……時々で。そのことを叶はあの二日間で強く学んだ。二日。そう、それはたった二日の間の出来事にすぎないのだ。

　さも以前からいたような顔で現れた二人の転校生。受け入れるみんな。唯一それを認識していない自分。青黒い霧の犬との遭遇から明かされた魔術と魔導書についての説明……そして翌日には魔術を使った魔導書の所有者との戦闘。確かに叶は退屈な日常を愚痴って刺激を求めていたが、ここまで密度が濃く強い刺激までは求めてはいなかった。

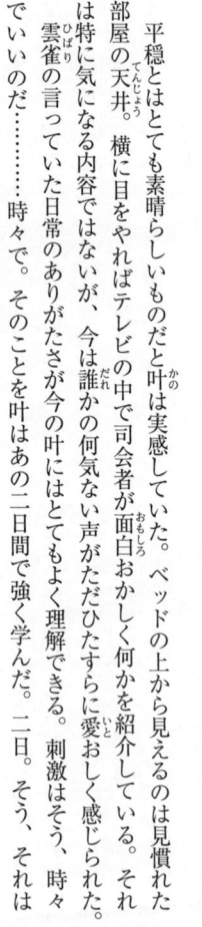

「あー、平穏ってほんと大事」

　それを全力で享受《きょうじゅ》するように叶はベッドの上で体を伸ばす。さすがに校内の全員が衰弱して倒れるような事件が起こっては隠すこともできなかったのだろう。赤井《あかい》が奪った生命力はシロが還元したので皆歩けるくらいには回復したが、学校はその原因の調査が済むまで休校となった。司《つかさ》から被害を受けた生徒に紛《まぎ》れて帰るようにと言われて叶も家に帰り……そして翌日は丸一日を寝て過ごした。

そしてその翌日である今日も叶はベッドで怠惰に過ごしている。体調に問題はない。ただ何も考えずに今はのんびりしたかったのだ。

ピンポーン

しかしチャイムが鳴った。両親は仕事に行っている。自分を心配して仕事を休むことも提案されたが大丈夫だと叶が断った。実際体調には問題ないし、気を遣われる方が今の叶にとっては面倒くさい。今はとりあえず一人でのんびりしていたかったのだ。

「……宅配か何かかな」

だとすれば迷っている余裕はない。再配達を頼むのも面倒だし業者にも悪い。仕方なく叶はベッドから起きると自室を出て足早に玄関へと向かった。廊下を進んで階段を下りれば玄関はすぐだ。

「はい、どなたですかー」

すぐに扉を開けずインターホンを手に取って尋ねる。防犯は大事だ。

「あー、俺《おれ》だ」

　すると返ってきたのはそんな言葉。声にも聞き覚えがある。

「………………」

　それに叶は思わず言葉を失った。平穏は大事だ。この休みの間に叶はそれを強く実感していた………しかしその扉の向こうにいるのはそれと真逆の人物だ。別に彼が嫌いだとかそういうわけでもないし、聞きたいこともまだたくさんあるが…………もう少し今ののんびりとした時間を享受させてほしかった。

「おーい、叶だろ？　黒鳥《くろどり》司だ」

　しかし叶の葛藤をよそに司はさらに声を掛けてくる。

「い、今開けるから」

　今更居留守を使うこともできず、叶は仕方なく玄関の鍵《かぎ》を開ける。するとそこには予想に違《たが》わず司とシロ………さらには予想外にミコトと呼ばれていた魔導書の少女も立っていた。シロはいつものように司の服の裾《すそ》を摑《つか》んで傍《かたわ》らに立っているが、ミコトの方は棒立ちのように横にいるだけという印象だ。

「割と元気そうだな」

　そんな叶を見て司が言う。

「し、私服なんだね」

急の来訪に戸惑《とまど》ったまま叶の口からそんな言葉が漏《も》れる。

「そりゃ学校じゃないかなら」

当たり前だろと返す司のその姿は魔導書の所有者らしからぬ…………つまりは普通の服装だった。街を歩けば軽く二、三人は同じ服装を見つけられそうな地味な装《よそお》い。しかしその隣のシロは見るからにおしゃれな格好をしている…………ファッション雑誌で見た覚えのあるような流行の服装だ。

「……………なんでシロだけお洒落《しゃれ》なの？」

思わずつっこむ。

「なんでもなにもシロは自分じゃ服を選ばないからな。かといって俺には女物の服とかよくわからないから雑誌を参考にして買ってるだけだ」

「司は地味じゃない」

「仕事的にも俺は地味な方が目立たなくていいからな」

「…………」

確かにそれはそうかもしれないが、常にシロが傍《そば》にいるのだから司が地味でも意味はないのではないだろうか…………ミコトは最初会った時と同じゴスロリだから三者三様で揃《そろ》うと実に違和感がある。

「えっと、何しに来たの？」

深く触れず話題を変えようと思い叶は尋ねる。

「まあちょっとお前に用事があってな」

「…………用事」

「事後処理の話とか色々だな」

司が答える。

「そっちも聞きたいこととかあるだろ」

「それは、あるけど」

平穏が素晴らしいとわかっていてもやはり気になるものは気になる。昨日も丸一日寝てはいながら今の状況がどうなっているのかとか確認したくはあった…………しかし尋ねようにも叶は司の連絡先も聞いていなかったのだ。よくよく考えてみればこうして司が訪ねてこなかったら二度と会えない可能性だってあっただろう。

「とりあえず上がって…………両親は仕事に行ってるから」

叶はリビングに司たちを案内する。

「お茶持ってくるね」

司たちがテーブルの椅子《いす》に腰かけるのを確認して叶はお茶の準備をする…………三人分でいいのだろうか。魔導書に食事は必要ないと司は言っていたが、食べられないわけではないとも言っていた。実際にシロはケーキを食べていたし…………一応用意するべきだろう。

「はい、お茶」

冷えたお茶を三つお盆に載せて司たちの元へ叶は運んだ。

「悪いな」

司がそれを一つ受け取って礼を言い
「ありがとうございます、叶」

シロも一つ受け取って礼を述べる。

「………………」

しかしミコトは目の前に差し出されたお盆を見ても視線すら向けなかった。まるで人形のように虚空《こくう》を見て座っているだけだ。

「えっと………………」

どうすればいいのかわからず叶は司を見る。

「ミコト、お茶を受け取れ」

「了承しました」

しょうがないといったように司がそう命令し、ミコトはお茶を手に取る………………しかしそれだけだ。それを飲んだり眺めるようなこともなく手に取ったまま再び停止する。

「まあ………………これが普通の魔導書ってことだ」

「そ、そうなんだ」

そういうものだと思うしかないらしい…………最初に見た魔導書がシロだっただけに叶はミコトの様子に面食らう。最初に遭遇した時のような異常な状況でもない日常の中だと、そのありさまはより一層に際立《きわだ》って感じてしまった。

「それで、だ」

話題を変えるように司が言う。

「事後処理の話だが何から聞きたい？」

どうやら司は選択権を与えてくれるらしい。

「えっとそれじゃあ…………結局事件はどういうことになってるの？」

とりあえず身近なことから叶は尋ねる。一応ニュースはチェックしていたが高校一つ全部を巻き込んだ事件だというのに一切《いっさい》報道はされていなかった。学校からも休校の指示があっただけでそれ以降は何の連絡もまだない。

「学校は今週いっぱいは休校で週明けから再開。事件は原因不明で終了だな」

「えっ」

予想外の返答に叶が驚く。

「原因不明って…………それですむものなの？」

「すむわけないだろ」

当然のように司は答える。

「学校は再開しても大騒ぎだろうな」

マスコミも大勢やって来ることだろう。

「ちょ、ちょっと待って！」

慌《あわ》てて叶は口を挟む。

「普通そうならないように事後処理するんじゃないの？」

つまるところみんなが納得できるような原因に偽装するものと叶は思っていた。

「そうは言ってもな」

その叶の反応を予想していたように司は答える。

「まず状況的に事件そのものをなかったことにするのが難しいのはわかるよな？」

「それは、うん」

何せ巻き込まれたのは学校関係者全員で、普通に考えれば口止めできる人数じゃない。

「かといって真正直に魔術が原因だと発表するわけにはいかない…………じゃあ、納得できるような原因があったと偽装するとする。それは例えばガス漏れ事故とかテロ行為とかだな」

そういう事件であればありえなくもない。

「で、だ。それを発表して騒ぎにならないと思うか？」

「…………思わない」

確実に騒ぎになる。もちろん原因によって差はあるのだろうが…………穏便に片付くケースというのがよく考えてみれば思いつかない。

「結局あの人数が巻き込まれた時点で騒ぎになるのは確定してるんだよ……だったらあえて原因を確定させるより原因不明で終わらせた方が偽装の手間が省《はぶ》けるだろ？」

科学捜査で魔術の痕跡は見つからないし、図書室での一件に目撃者はいない。生徒たちだって何が起きたのかは理解できないだろうから、どうせ原因は解明されることはない。

「そこは、その……魔術でどうにかならないの？」

「そりゃできなくもないがな」

普通では無理なことを可能とするのが魔術なのだから。

「さすがにあの人数をどうにかしようとすると直接的かつ強力な魔術を使うことになる。そういった魔術は効果以外にも影響があったりするからあまり使いたくない……それに間違いなく教会はいい顔をしないからな」

想像したのか司が少し顔をしかめる。

「つまりはまあ、諦《あきら》めろってことだ」

騒ぎになることに関しては。

「他《ほか》に聞きたいことは？」

「……あの司書さんはどうなったのかな」

自分勝手な考えのために皆を巻き込んだ憎い相手ではある……けれどやはりその安否は

気になっていた。

「あの女とも約束はしたしちゃんと生きてるよ」

「………そっか」

複雑ではあるが司の返答に叶はほっとする。

「今は教会に引き渡して魔導書の入手経路に関して絶賛お話しの最中だろう………その後はまあ魔導書を読んでもなかったようだしな、特製の更生施設行きで済むんじゃないか？」

「更生施設………ってどんなところ？」

普段聞きなれない単語だから叶にはいまいちどんな場所か想像つかない。

「更生施設は更生施設だ。あまり深く考えるな」

詳しく説明する気はないというように司は繰り返した。世の中には当たり障りのない言葉でごまかしておくべき場所というものも存在するのだ。

「他に聞きたいことはあるか？」

そして今の話を打ち切るように話題を変える。

「ええっと………」

叶にとって一番の懸念《けねん》であった今後の状況については聞けた………まあ、予想外に大変なことになりそうだけれど。それに少し気になっていた赤井の状況についても無事に生きてはいるという確認はできた。彼女が解放されても嫌だが、やはり殺されるのも気分は暗くなる。

そうなると叶には他に聞きたいことは…………あった。未《いま》だにお茶を握っただけのミコトと、それとは対照的に一息に飲み干したシロの二人。

「その子は生命の魔導書…………なんだよね？」

「ああ」

ミコトに視線を向ける叶に司は頷《うなず》く。

「生命力に対して干渉する魔術の知識を記《しる》した魔導書だ」

その魔術を使って赤井は生徒を襲いその生命力を奪っていた。

「それじゃあシロは何の魔導書なの？」

叶の知る限りシロは何種類もの魔術を使っている。認識改竄《かいざん》、霧を吹き飛ばした風、そして赤井が集めた生命力を奪った魔術。それらは素人《しろうと》の叶からしてもそれぞれ関連性がなさそうな魔術に思える……しかしミコトの例からすれば魔導書に記されている魔術は種類が統一されているのではないかと思うのだ。

「ああ、そういや教えてなかったっけ」

「うん、聞いてない」

シロが魔導書であると叶は聞いただけだ。

「シロは、白紙の魔導書です」

するとシロが自身でそれに答えた。

「…………白紙？」

けれど叶の疑問は晴れずに増える。ミコトの例からすれば魔導書の内容はそのタイトルから想像ができる…………しかし白紙からは想像できない。少なくともそれはシロが今まで使った魔術との関連性を見いだせない。

「白紙です」

そんな叶の表情に気付いていないのかシロは繰り返す。

「…………」

助けを求めるように叶は司を見た。

「言葉通りにシロは白紙の魔導書だ」

その視線に司はシロの言葉を繰り返す。

「白紙の名の通り何も書かれていない真っ白な魔導書」

魔導書という存在でありながら、しかしその肝心な魔術が記されていない欠陥品。

「え、でも」

シロは確かに魔術を使っていた。

「白紙ってことはそこに書き込む余地があるということでもある。シロは何も書かれていない代わりに記述する余地…………つまりは成長することができる。だから普通の魔導書とは違うんだよ」

普通の魔導書は最初に記述されたことが全《すべ》てだ。ただ自身に記述されたことのみを実行するだけで成長することはない。故《ゆえ》にその希薄な意思もずっとそのままで、自我を確立するようなことはありえない……ずっと道具であり続ける。

「それじゃあシロが使う魔術は後から覚えたものってこと？」

「今までに遭遇した魔術や魔導書から読み取って記述したやつだな。図書室で最後に使った魔術もあの場で生命の魔導書から読み取って記述した……まあ、さすがに戦闘中じゃしっかりと読み取るのは難しいから簡単な魔術しか無理だけどな」

その簡単な魔術で充分だと司は判断して、あの時司はシロにミコトを無力化して読み取るように指示を出した。実際それは的確な判断で赤井の溜《た》め込《こ》んだ生命力を奪い、一気に無力化することに成功したのだ。

「そうだったの」

その話を聞いて今までの色んなことに叶は納得がいった。

「シロがその子に比べて人間っぽく感じるのもそれが理由なのね」

「そういうことだな」

シロは成長によって希薄だった自我を確立させつつある。

「じゃあ、そのうちシロも感情豊かに笑ったりするようになるんだ」

そう考えるとなんだか叶は微笑《ほほえ》ましい気分になった。今は無表情にこちらを見返すシロもいつか笑った顔を返してくれるようになるかもしれない…………それはきっと喜ばしいことなのじゃないだろうかと叶は思う。

「ん、まあ…………そうだな」

けれど返す司の言葉は歯切れが悪かった。

「もしかして嫌なの？」

「…………そういうわけじゃないが」

「なら、なんでそんな顔してるの？」

司は否定《ひてい》したがその表情は苦々しい。

「…………シロの自我が人間に近づくってことは、自身に記述された魔術知識への耐性がなくなるってことでもあるからな」

「あっ」

人は魔術の根源であるこの世ならざる知識を理解できない。してはいけない。なぜならそれを理解することは人の法則から外れて別の法則の存在へと近づくことだから…………そしてその状態で人の精神は正常な状態を保つことはできない。

「元々魔導書の自我が薄いのはそれが理由だ。魔術は意思がないと発動できないが、その意思が強いと自身に記述した知識からの影響を受けちまうからな」

だから複雑なのだ。シロの成長は喜ばしいと司も思う…………しかしそれが彼女自身の破滅にも繋《つな》がりかねないから。

「えっと……どうするの？」

「わからん」

司にもどうするべきかわからない。

「成長するなとは言えないし……言いたくもないからな」

司はシロに視線を向ける。

「はい、ニーサマ……シロは成長したいです」

無表情で淡々と、けれどどこか強さを感じさせる言葉でシロは言う。

「まあ、なんとかするさ」

本人がそれを望むなら司はそれを尊重するしかない。その上でやれることをやるだけだ。それがあの日シロの所有者となってしまった司の責任なのだから。

「その、頑張ってね」

叶に言えるのはそれくらいだった。

「頑張るよ……で、まあシロに関してはこんなとこだ」

「うん……よくわかった」

重々しく叶は頷く。軽い気持ちで尋ねたのに思わぬ重い話題だった。

「それで、まだ聞きたいことはあるか？」

「…………もう、ないかな」

叶は首を振った。細かいことなら興味のあることはたくさんあると思う…………しかしそんなことを聞くような気分ではなくなってしまった。

「そうか」

司は頷くと改めてというように叶を真っ直《ます》ぐ見据える。

「で、お前はこれからどうする」

「どうするって…………なにを？」

意味がわからず叶は司を見返す。

「これからだよ、これから」

司は繰り返す。

「これからこっちの世界のことはすっぱり忘れて元の生活に戻るか、それともどっぷり関《かか》わる方向で今の生活を捨てるか、だな」

「…………それってすごく極端じゃない？」

二者択一すぎるのではないだろうか。

「そうだな」

司はそれをあっさり認める。

「それに元の生活とは言いはしたがな、そっちを選ぶなら当然お前の趣味も改めてもらうことになる…………心霊スポット巡りなんざ論外だな」

「ちょっと⁉」

叶の唯一の楽しみなのに。

「関わることを選ぶなら文字通りに今の生活は捨ててもらう」

「…………そこまでしないと駄目なの？」

「その場合は俺が責任もって面倒見てやるって話だ」

司が肩をすくめる。

「俺は色んな場所を飛び回るからな、それに付いて来るなら今の生活は送れない」

「…………時々じゃ、駄目？」

「俺に言わせればこっちの世界に半端《はんぱ》に関わりたいなんて死にたいと同義だな」

きっぱりと告げる。

「さすがに俺も自分の見てないところで死なれるのはどうしようもない…………死ぬのが嫌なら全部忘れろ」

「⁉」

死。その言葉を聞いた途端に叶の体が強張《こわば》る。図書館で赤井に追い詰められた時のことを叶は忘れたわけではない。その時のことを思い出すだけでも原因不明の震えが蘇《よみがえ》る…………いや、原因不明ではない。自分は死ぬのが怖いのだろうと叶も理解せざるを得ない。

「……うん、わかった」

絞り出すように叶はそう口にして頷く。

「私は元の生活に戻りたい。友達や家族もいるし……今の生活は捨てられないから」

死が恐ろしくて捨てられないものもある……最初から選択など決まっていたのだ。

「そうか」

司はその決定を待っていたというように受け入れる。

「じゃ、行くぞ」

「え、どこに？」

急に立ち上がった司に慌てて叶は尋ねる。

「もちろんそれは……教会だ」

それに司はそう答えた。

その敷地は駅から少し離れた住宅街の中に広がっていた。さすがに学校と比べれば小さいが傍目《はため》からは大きいと思えるほどに建物は存在感があり、周囲を囲む塀も少し首を動かさないと端が見えない。けれど大きいからといって威圧感はなく、ふんだんに植えられた樹木の緑がむしろ平穏な雰囲気を作り出していた。

「教会ってこんな感じなんだ」

厳かな雰囲気を纏《まと》った西洋風の建物……その前に叶は立っていた。建物の色んな場所にその場所がいかなるものであるかを示すように十字のマークが入っている。なんとなくどんなものかは頭に浮かぶが、実際に教会にやって来るのは叶は初めてだった。

「えっと、でも本当にここなの？」

建物から視線を外して叶は司を見る。

「ここ以外のどこに教会があるんだよ」

「でも、そんな雰囲気じゃないっていうか」

見るからに神聖な雰囲気で近寄り難《がた》くすらある。

「雰囲気なんて関係ねえよ……俺の依頼主が教会だってのはお前も聞いてたろ？」

「それは、うん」

赤井の質問に対して司はそう答えていた。

「それで俺はその依頼主に回収した魔導書を引き渡しに来たわけだ」

つまりはそれでミコトを連れていたらしい。

「えっとでも、あの女の方はもう引き渡してたんだよね？」

だからすでに司は教会と接触している。それならその時にミコトも引き渡せばよかったのではないだろうかと叶は思う。

「っていうか渡しちゃうんだ、魔導書」

意外に思って叶は口に出す。てっきり自分の物にするために回収していたのだと叶は思っていた……そのためにわざわざミコトの主《あるじ》になったのではないだろうか。

「必要な魔術はシロに記述したし、いくつも魔導書を連れるのは負担が大きい………前にも言ったが魔導書は所有者から生命力を供給されて活動するからな」

「ああ、そういえば」

そんなことも聞いた気がする。

「でもそれなら尚更《なおさら》一緒に渡しちゃえばよかったのに」

そもそも引き渡すのに所有者になる必要があったのだろうか。

「あの時は引き渡す相手が悪かったんだよ」

辟易《へきえき》した表情を司は浮かべ、

「基本的に魔術に絡《から》んだものは教会にとって異端だからな」

そしてそんなことを言った。

「理由はまあ想像しなくてもわかるだろ？　この世ならざる知識そのものがあいつらの教義には反している………だから悪魔の知識なんて呼ばれてるな。まあ、魔の術（魔術）だし魔に導く書（魔導書）なんだから間違っちゃいないが」

だから古くから教会は魔術とその知識を敵視しており、それによって一時期は完全にこの世から魔術も魔導書も消え去ったこともあるのだと司は説明した。

「えっとでも、司はその教会から依頼を受けてたんだよね？」

考えてみるとそれはおかしい話だ。だって司はシロを所有している。魔術を敵視している組織が、それを利用する人間に依頼を出すなんてことは矛盾じゃないだろうか。

「そこはまあ教会にも穏健派みたいなのがいてだな……ようは魔の道に落ちた人間ですら救いを与えましょうって連中だ。俺はそこの一番偉い人に気に入られてるおかげで異端の対象からは外れてる。まあ、もちろん無償じゃなくて教会の依頼をこなして貢献し続ける必要があるけどな」

つまりは司は教会にとって例外的な存在なのだ。

「で、だ。穏健派は魔導書すらも救う対象だって考えてる。だから魔術に対抗するための研究という名目で魔導書を保管してるわけだ……まあ、実際に研究自体はしてるんだがその成果がある限りは他の連中も手出しはしづらい」

「じゃあ、その人たちに引き渡すってこと？」

「そういうこと」

司は頷く。

「穏健派は教会の中でもあまり大きい派閥じゃないからな。連絡して受け取りに来てもらう必要があったんだよ………代わりに引き渡すっていうのは信用できないからな」

ほぼ間違いなく穏健派に渡されることなく焼却されることだろう。

「それとわざわざ所有者になったのは、俺がミコトの所有者である限りは他の誰にも悪用できないからだ。消費を抑えるために基本休眠状態になってもらうが、何かあれば所有者である俺にはわかるしな」

つまりは保険だ。

「納得したか？」

「うん」

叶は頷く。

「じゃあ、私もその穏健派って人たちに頼むの？」

本来なら魔導書の引き渡しに叶が連れられて来る必要はない。それをわざわざ司が連れて来たのは教会に叶についての説明とその保護を頼むためだった。叶は巻き込まれただけの一般人ではあるが一度こちらに関わった事実は消えないし、低位の魔術を無効化した体質もある。万が一また今回のようなことがあれば目をつけられる可能性は高い。だからそのいざという時にフォローができる存在が必要なのだ…………他にもお目付け役を意識させて叶に自重《じちょう》を促すという意味もある。

「いや、この街に穏健派の拠点はないし説明した通り規模は小さい集団だからな…………一応頼んではおくが大したことはできないはずだ」

「えっと、じゃあ」

「まあ、お前のことを頼むのは主流派というかそういう相手だ」

過激派とはさすがに司も口にはしなかった。

「…………大丈夫なんだよね？」

「一般人相手ならむしろ優しいくらいだぞ？」

まあ、その分異端と認定した相手には鬼のようだがと司は笑う…………と、不意にその視線が叶の後方へと向けられる。

「おっと噂《うわさ》の怖いお姉さんの登場だ」

「怖いお姉さんって…………」

司の視線を追うように叶も目を向ける。すると教会の中から女性が一人出てきてこちらへ向かって歩いて来る。修道服を着ているから恐らくはシスターなのだろう。彼女は司たちの目の前までやって来てぴたりと足を止め…………思いっきり睨《にら》みつけてきた。

「化け物が神の家の前で何たむろしてやがんだ」

その顔には明らかな敵意が浮かんでいた。

三人の下に現れたそのシスターはニアと名乗った。その外見は金髪に碧眼《へきがん》と見るからに日本人ではない。なんとなく叶はシスターの髪は長いものと思っていたが、彼女は短く纏めているようだ。年齢は二十歳くらいに見えるが、西洋人は日本人よりも体格がいいので、もしかしたらもっと若いのかもしれない。

「ああ、あなたがそうなんですね。少しですが話は伺《うかが》っています……災難でしたね」

応接室に案内される道すがらに叶が事情を説明するとそう慰《なぐさ》められた……最初は乱暴な人かと思ったがそれは司たちに対してだけらしい。二人には険しい顔だったが叶と話す時には口調も丁寧で、こちらを安心させるようにか笑みを浮かべていたくらいだ。

「詳しい話はまた後で聞きますから、とりあえずここで待っててください」

応接室に着くとニアは優しい声で叶をテーブルに案内する。

「あとでお茶を持ってこさせますからね」

「えっと、ありがとうございます」

慌てて頭を下げるとにっこりとニアは微笑む。

「お前はこっちだ」

そして司へ視線を向けるとその表情を一変させ、顎《あご》でしゃくるようにして部屋を出るように指示する。

「わかってるよ」

それに司は特に反応することなく従って部屋を出ようとする。

「え、えと……司⁉」

「大丈夫だ、別に殺されやしないさ」

心配そうに自分を見る叶に司は手をひらひらさせる。

「おい、そっちの魔導書は来るんじゃねえ」

司の後に続こうとしたシロをニアが睨みつける。

「シロはニーサマと共にいます」

シロは無表情にニアを見返し、司の服の裾を摑む。

「引き渡す魔導書は仕方ないがお前はここで大人しくしててもらう」

そんなシロに忌々《いまいま》し気にニアは言葉を重ねる。

「ここは神の家だ。お前のような異端をほいほい歩かせるわけにはいかない」

「嫌です」

けれど即座にシロは拒否する。

「それは実力行使を望んでるんだな？」

むしろ彼女自身が望んでいるようにニアが問いかける。

「シロ」

そこに司が割り込む。

「おとなしくここで待ってろ」

「はい、ニーサマ」

頷くとシロは司の服から手を離し、おとなしく従って叶の隣へと腰掛ける…………しかし即座にその首が曲がる。無表情に淡々と、しかしその先にいるニアをその視界にとらえて離さない。ただじっと。言葉を発するでもなく彼女を見続ける。

「ふん」

そんなシロの視線を意に介さないようにニアは鼻を鳴らす。

「行くぞ」

そして司を促すと今度こそ部屋を出て行く。

「はいはい」

慣れたように司はそれに従って出て行く。その後ろにミコトも続いた…………この部屋で彼女だけが今しがたの状況に何も感じていない。

「…………」

けれどシロは目で追い続ける。その内にある彼女自身も把握できていない感情のそのままにただじっと見続ける。

扉が閉まるまでシロはその視線を外さなかった。


三人が部屋を出て行くと応接室は急に静かになったように感じられた。もちろん叶はさっきのような険悪な雰囲気を望んでいるわけではない………しかしあの雰囲気から急に静かになられてもそれはそれで怖い。というか今も無言のシロが怖い。

確かに普通の魔導書に比べればシロは自我が強いが基本は無表情だし、一見すると感情があるようには思えない。しかし表に出ないだけでその内には確かに感情が隠れている………けれど先ほどは露骨なほどに感情が態度に出ていた。それはつまり内心で抑えきれないくらいに燃え上がっていることは想像に難くない。

「え、と………シロ？」

しばらくして無言に耐えきれず叶が口を開く。

「はい」

いつものようにへいたんな声と表情でシロは叶に目を向けた。その瞬間に叶は強い威圧感のようなものが向けられたように体が硬直する。シロ自身もその感情をしっかりと理解できていないから、相手によってそれを抑えることもできないのだろう。

「なんでしょう？」

だから尋ねるその言葉も強く感じる。

「その、ね…………シロと二人きりになるのも初めてだなと思って」

苦《くる》し紛れの話題だが事実その通りでもある。司とシロは常につかず離れずの関係で話す時には必ず二人セットだ。シロは司の魔導書でその武器でもあるのだからそれも当然のことではあるが、一対一で話す機会というのも時には重要なものだ。

「はい、そうですね…………シロはニーサマとずっと一緒でしたから」

「…………っ⁉」

シロは淡々と事実を告げただけのはずなのに叶の背筋が急に冷える。それを告げる瞬間シロの目は叶を見ていなかった…………絶対に別の誰かを見ていた。

「あー、ところでさっ！」

即座に話題を良いほうに変えようと叶は口を開く。「シロって司のことはどう思ってるの？」

しかし出てきたのはそんな質問…………というかシロの喰《く》いつきそうな話題が司絡《がら》みのこと以外叶には浮かばない。それにこうなったらいっそのことシロの司への感情をしっかりと見極《みきわ》めておいた方がいいとも思ったのだ。

それが家族愛なのか恋愛なのかを知っておくだけでも、今後の対応には大きく役立つことだろう。

「どう、とは…………?」

けれどシロはそれに首を傾《かし》げる。

「えっと……シロにとって司はどういう存在?」

「ニーサマは私のニーサマです。それ以外にありえません」

「うん、そうだよね…………」

しかし「そういうことではない……と、そういえば気になっていたことを思い出す。

そういえばシロにとって司は兄、なんだよね?」

最初は本当に兄妹だと思っていてそのまま慣れてしまっていたが、よく考えてみれば二人は魔導書とその所有者という関係だ。だとしたら本当の姉弟ではないはずで、何でそんな風に司は呼ばれているのだろうと気になってはいたのだ。

「はい、ニーサマはニーサマです」

シロは繰り返した。

「でも血縁関係はないんでしょ?」

念のために叶は確認する。

「はい、シロは魔導書ですから……シロに使われた人間もニーサマとの血縁関係にはありません」

「……………」

その返答に少し叶は押し黙る。忘れてはいたが魔導書はその製造に人が一人犠牲になっているのだ……………ならばそういった意味で司とシロに血の繋がりがある可能性だってもちろんあったのだ。

その発想に自分で辿《たど》り着く前に否定の答えを知れてよかったと叶は思う。一人でいる時にそんなことに思い至ったら気分がとてつもなく暗くなったことだろう。

「えっと、それじゃあなんでシロは司をニーサマって呼んでるの？　司の趣味とか？」

気分を変えようと、ああ見えて妹属性でもあるのかなと軽い気持ちで叶は尋ねた。

「シロにとって、ニーサマはニーサマだからです」

しかし返って来たのは先ほどから繰り返される同じ言葉。

「その、もう少し詳しく」

それでは根本のところがわからない。

「……………」

叶の言葉の意味を推し量るようにシロは少し間をおいて
「それはシロがニーサマの妹であるべくして作られた存在だからです」

そう、答えた。

「………え？」

その意味をすぐには理解できず、叶はぽかんと口を開く。

「それって………シロは司に作られたってこと？」

「違います」

思わず尋ねる叶にしかし即座に否定の返答。

「ニーサマは、シロが作られることは望んでいません」

その顔はやはり無表情で言葉も淡々と………けれどその声はどこか物悲しく聞こえた。

「ええと………」

それが司の意志でないと確認してほっとしながらも、シロにどう声を掛けたものか叶は思い悩む。それがいかなる存在であれ、自分が望まれて生まれたのではないと知れば誰だってショックを受ける………その感情をあまり自覚できていないとしても、だ。

「シロは、白紙のページにニーサマの妹であることだけを刻まれて生まれました」

気の利《き》いた言葉が出ないうちにシロが呟《つぶや》くように言葉を連ねる。

「だから、シロにとってはニーサマが全てです」

文字通りに、そのためだけにシロは生まれたのだから。

「シロはニーサマが望まれる限りニーサマのために尽くします………それだけがシロの存在意義です」

「それは違う」

するりと叶の口からその言葉は出た。

「それは違うよ、シロ」

叶自身もそれを確認するように繰り返す。大丈夫。間違ってはいないと。

「なにが、違うのですか？」

そんな叶をシロが見る。

「司はシロに尽くしてほしいなんて思ってない…………だって、シロを道具だなんて考えてないもの」

それはきっとシロだけではなく他の魔導書も…………あの時ミコトに向けた笑みを叶は見逃してなんかいない。

「そうじゃなきゃ、シロの成長を望んだりしないと思う」

叶の家で司はシロの成長したいという意思を尊重した。道具として望むならシロの成長は望ましくないはずだ。

「ですがシロは魔術を使うための道具です」

事実としてそれは変わらない。魔導書とはそういう存在なのだから。

「それは違う」

叶は繰り返す。

「だってシロが自分で言ったんだよ？　あなたは司の妹だって」

「はい、シロはニーサマの妹です」

否定はしない。それもまたシロにとって事実だから。

「あのね、妹を道具に思う兄なんていないの」

「そう、なのですか？」

「そうだよ」

はっきり頷く。実際にはそういう人間もどこかにはいるだろうが……今あえて口にするような事実ではない。

「むしろ逆よ逆。道具どころか妹なら兄にわがままの一つや二つ言ってやるものなんだから」

そう話しながら叶はなんとなしに理解した……多分シロは妹というものをあまり理解していない。恐らくはシロという魔導書を作った人間もよく理解していなかったのだろう。そのせいでシロは司に尽くせば尽くすほど妹らしいのだと勘違いしているのだと思う。

「わがままですか？」

「そうだよ、シロだって要求しないだけで司にしてほしいことはたくさんあるよね？」

「……ります」

少し間をおいてシロは呟く。

「ニーサマにしてほしいこと、シロにはたくさんあります」

淡々と、しかしその声は弾《はず》むように大きく聞こえた。

「ならそれを司に言ってやればいいの………そうしたらきっと応《こた》えてくれるから」

司は驚くだろうがきっと喜ぶだろう。

「でも、もし拒絶されたらシロはどうすればいいかわかりません」

弾んだように聞こえた声が不意に単調に戻る。

「大丈夫、もし突っぱねてきたら私がぶん殴ってやるもの」

妹の初めてのわがままも許せないような男はぶん殴っても許されるはずだ。

「ニーサマを殴るならシロも叶をぶん殴ります」

「なんでそうなるの⁉」

思わず叫ぶが叶はすぐに諦めたように額を押さえる。

「あー、もう………いいよ、それでも」

それがシロの魔導書として切り離せない性分なのだろうし。

「それでもぶん殴ってあげるから、安心して司にわがまま言ってあげて？」

だから全力で叶はシロを肯定する。

「はい、叶」

シロは頷く。

「私はニーサマにもっと撫《な》ぜてもらいたいです」

「うん」

ついにそのわがままを口にしたシロに叶は頷く。

「ニーサマに抱きしめてほしいです」

「ニーサマに褒《ほ》めてもらいたいです」

「ニーサマと同じ布団《ふとん》で寝たいです」

「ニーサマと一緒にお風呂《ふろ》に入りたいです」

「うん…………う、ん？」

何か雲行きが怪しくなったことに叶が気づく。

「ニーサマの体を洗ってあげたいです」

「ニーサマにご飯を食べさせたいです」

「ニーサマの着替えを手伝いたいです」

「ニーサマの歯磨きをしたいです」

「ニーサマのトイレを手伝いたいです」

「ニーサマの性処理を手伝いたいです」

「…………………………うん」

堰《せき》を切って溢《あふ》れ出すシロの願望に叶は内心で頭を抱える。やはり魔導書である彼女は本質的に尽くす系だったのだろう。それが今まで育《はぐく》まれた司への好意と合わさって、その欲求はすごいことになっていたらしい。しかしそれでも司の望む以上のことはしないようにシロは抑えていたらしかった…………今までは。

パンドラの箱は開いた。


「なんかどんどん雰囲気が暗くなってないか？」

応接室を出てニアに促されるままに進んでいた司だが、ふと呟く。別に実際に暗くなっているわけではないが、なんというか人気《ひとけ》とか生活感が薄れていく感じがある。通り過ぎる部屋の扉もあまり使われていないような感じだ。

「当たり前だ、裏口に向かってるからな」

司の方を見ることなく乱暴にニアは言葉を返す。

「俺は別に帰りたいわけじゃないんだけど」

「裏口が魔導書の引き渡し場所だ。受取人もそこに待たせてる」

「…………一応同じ教会の仲間だろ」

「はっ」

司の苦言をニアは鼻で笑う。

「異端を保護しようなんて穏健派の連中を私は仲間と認めていない…………そんな連中を待たせるのは裏口で充分だ」

「……あんまり敵を作るもんじゃないぞ」

「っ！」

気遣うような司の声にニアは壁に拳《こぶし》を叩《たた》きつける。

「お前みたいな化け物の意見を私は聞いてない」

叩かれた壁には罅《ひび》が入っていた。

「あー、うん……悪かったよ」

それに司は謝罪する。その視線にはやはり気遣うようなものが含まれていた。

「あそこが裏口だ」

それを無視してニアはすぐ先の扉に目を向ける……と、その扉が開く。そして覗《のぞ》き込むように女性が一人扉からこちらに顔を出した。修道服を着たシスター。しかしその年齢はニアよりも高くやや年頃《としごろ》が過ぎているように見えた。

「あの、今何かすごい音がしませんでした？」

そのシスターは温和な声で二人に尋ねて、気づいたように司に目をやる。

「あら、司君じゃない」

そしてにっこりと微笑んだ。

「…………お久しぶりです、サラさん」

司の方も彼女を知っているようでその名前を呼ぶ。

「おい、建物の中には入るなって言っておいただろ」

そんな二人の間にニアは遠慮なく立ち入ってサラと呼ばれた女性を睨む。

「入ってませんよ？　覗いただけです」

ニコニコと、サラはニアへと言葉を返す。

「入んなって言われたら普通覗いたりもしないもんだろうが」

「でも、すごい音がしましたから」

笑みを絶やさず、しかしサラは引くこともない。

「何もなければよいですが、何かあったなら助けが必要でしょう？」

「何かあったとしても私たちはお前ら穏健派に助けは求めねえよ」

ニアは吐き捨てる。

「何か勘違いされてるみたいですね」

しかしサラはそれに首を傾げる。

「私は別にあなたたちの許可を求めてはいませんよ？　助けが必要であると感じたならそれが誰であってもその主義主張に関わらず助ける…………それが私たちですから」

「…………」

そんなことを言うサラに、ニアは悍《おぞ》ましいものでも見たように顔を歪《ゆが》める。けれどサラはやはり変わらぬ笑みを返すだけだ。

「ちっ、さっさと引き渡しを済ませろ」

根負けしたようにニアは司へと視線を移した。

「わかってるよ…………ミコト」

黙って控えていた少女の名前を司が呼ぶ。

「サラさんのところに行け」

「了承しました」

司が命じるとミコトは真《ま》っ直《す》ぐにサラの近くへと歩いていく。

「あらあらこの娘が回収した魔導書なのね、随分と小さいわ」

まるで子供を見るようにサラがミコトを見る。まあ実際に子供の姿ではあるのだが、魔導書と認識して見ているはずのその視線はニアのそれとは明らかに質が違った。

「ミコト、自身に害のない範囲では彼女の命令に従え。それ以外の時は休眠だ」

「了承しました」

拒否することもなくミコトは頷く。

「それじゃあ私は彼女を連れて行きますね…………本当は司君と久しぶりにお話ししたかった

のですが、それはまたの機会にするしかないみたいですし」

ちらりとサラがニアを見ると再び彼女は睨みつける。

「では司君、今度また静かな場所で色々お話ししましょうね」

「ええ、ミコトのことよろしくお願いします」

司はさらに頭を下げ、ミコトに視線をやる。

「元気でな」

「…………」

ミコトはそれに何の反応も見せない。なぜならそれは命令として意味を持たないから。

「では行きましょうかミコトちゃん」

「了承しました」

そしてサラに促されてミコトは裏口を出る。

「それじゃあね」

最後にもう一度司に視線を向けてサラは裏口の扉を閉めた。

「…………」

閉まった扉を司は無言で見つめる。装飾も何もない簡素な扉。しかしそれは閉まると同時に完全に外界との繋がりをゼロにする…………今すぐそこにいたものがもういないことを実感させる。

「おい」

そんな司の肩をニアが摑む。

「ん、ああ悪い…………戻らなきゃな」

叶たちを待たせたままだ。

「その前に話がある」

そう言ってニアは再び司を睨みつけた。


話があると言うニアにさらに連れられた先は礼拝堂だった。建物が大きいだけに礼拝堂も大きく、大勢の人数が座ることができるであろう長椅子《ながいす》が延々と並んでいた。その奥には聖人として語られている男の象が祀《まつ》られ、巨大なステンドグラスから差し込む光によってその姿が照らされている。さらには壁の高い位置にはいくつもの天使の像が並び、そこに礼拝する人々を見守るように視線を向けていた。

「俺みたいなのを案内する場所じゃないんじゃないか？」

ここは教会の中でも格別に神聖な場所だ。

「ふん、自覚はあるんだな」

「あれだけ罵倒されればな」

苦笑しながら手近な長椅子に司は腰掛ける。ニアの方はそれに倣《なら》うこともなく、直立して司へと厳しい視線を向けていた。

「それにしても久しぶりだな、ニア」

改めて司は彼女を見る。先ほどサラともそうだったが、ニアの方とも司は随分久しぶりに顔を合わせる………もっとも声だけは依頼者からの電話という形でつい最近に聞いたばかりだったが。

「何年ぶりだったかな」

懐《なつ》かしむように司が呟く。

「私は懐かしくなんかない」

それに返るのは否定の言葉。

「お前は化け物で、敵だ」

はっきりと口にし、その敵意も隠さない。

「わかってるよ」

それでも懐かしい、そんな表情を司は浮かべていた。

「………お前が捕まえた女の話だ」

憮然《ぶぜん》とした表情を崩さずニアは口を開く。

「ああ、どうだった？」

「他の奴《やつ》らと同じだ」

期待を込めた言葉にニアが告げたのはそんな返答。

「亡くなった母親の墓参りに行ったことは覚えてるが、気が付いたら家に帰ってもう魔導書の所有者になっていたそうだ。その間の記憶は一切ないらしい」

「確かか？」

一応というように司は確認する。

「しっかりと確認したに決まっている」

念のために確認すると冷淡な声で返答される。教会の人間にとって魔導書と魔術に関わった存在は異端であり慈悲の対象とはならない…………サラのような穏健派は本当に一部の例外なのだ。だからニアの言う確認も穏当なものではなく、あらゆる手段を含めた確認方法。それこそ信じるに足りない相手の言葉であっても事実だと判断できるような、だ。

「強いて言うなら墓参りは急に思い立ったそうだ。理由はわからないがとにかく行かなくてはならないという思いに駆られたらしい…………呼ばれたのかもな」

「…………呼ぶ声とか」

「そういうのはなかったそうだ」

だからそれが本当に思い立っただけか、魔導書の所有者になれる可能性のあるものをおびき寄せたのかの判断はつかない。

「そうか」

もともと大して期待はしていなかった。ニアがさっき言ったように魔導書を渡された所有者たちはその入手前後の記憶が定かではない。それが誰に渡された物かもわからず、けれどそれがどんな物かの知識だけは覚えている。司は今までに何人もの魔導書を回収してきたがその誰もが魔導書の製造者に関する記憶を持ってはいなかった。

「でもまあ、魔導書を渡した奴がこの街にいたのは確かだ」

もういないかもしれないし、そもそも司の目的の相手ではないかもしれない……しかしそれに繋がる何かは残っているはずだ。

「当分はこの街でそいつを探すさ」

その為にも拠点となるアパートも用意したのだ。幸いにも依頼の対象だった赤井の一件も早々に片が付いた。本当はもう少しかかることを見込んでいたのだが、まさか捜索初日で相手が手を出してくれるとは幸運だった。

「この地区は私の管轄だ」

それにニアは口を開く。

「私にはお前にその許可を与えない権限がある」

「……………そうだな」

司は依頼をこなすことである程度自由に動くことを許されているが、一応は教会に管理される立場の人間でもある。その地区における責任者がその自由に制限を加えるならそれに従わなくてはならない。

「それはいくらお前が聖女様のお気に入りでも逆らうことは許されない」

「それも知ってる」

司は協会の中の穏健派と協力関係にあるが、何度も言うように穏健派は人数も少なくそれほど力のある派閥ではない。そして司という存在はそんな穏健派程度で異端の対象から外すことができるようなやさしい存在でもない。それこそ庇《かば》うのならば穏健派もろともに異端として討伐《とうばつ》されるような存在なのだ。

そんな司がひとえに許されているのは聖女の存在があるからに他ならない。教会において重要な立場にある聖女から偶然に庇護《ひご》を受けることになったからこそ、なのだ。それがあるから司は教会の大多数から敵視されながらもその命を許されている…………まあ、殺されないだけでむしろ聖女の存在がより司に憎悪を向けられる要因となっているのだが。

だから司が何か反逆的な行動をとれば、教会の連中は即座に司を責め立てるだろう。

「だからニア、その許可が欲しい」

司にできるのはそう頼むことだけだ。

「…………いつまで」

それに答えず、ニアは違う言葉を口にする。

「いつまであなたはこんなことを続けるつもり？」

そう言って司を見るニアの目にはさっきまでのような敵意はなかった。その声色《こわいろ》も柔らかく
叶に対して向けていたものと変わらない。

「あなたには聖女の庇護がある。魔導書を全部捨てて魔術に関わらないと誓えば平穏に暮らす
ことだってできるはずです」

「そんな無責任なことできないさ」

司はそれに首を振る。

「俺には関わった色んなものに対して責任がある。シロに、妹に、回収した魔導書たち…………

それに殺した人たちに死なせてしまった人たち」

その顔を司は覚えている。

「その責任を放棄することなんてできるわけがない」

それがあるからこそ司は今も立ち続けることができるのだから。

「ふん、そうかよ」

再び乱暴な口調に戻ってニアは司を睨む。

「だったらいつか私がお前を終わらせてやる」

「…………ああ、いつかね」

少なくとも今ではない。

「それで許可はくれるのか？」

改めて尋ねる。

「あれは私たちにとっても最優先の討伐対象だ、好きにしやがれ」

「ありがとな」

吐き捨てるニアに司は笑みで返す。

「ふん」

それにニアは顔を背《そむ》ける。司はそれに苦笑して、

「そちらの話は、終わった…………かな？」


不意にその耳に届いた言葉に驚愕《きょうがく》の表情を浮かべて視線を向ける。いつの間にか、そういつの間にかだ…………礼拝堂の奥に一人の男が立っていた。入り口は司たちの入った扉以外にはない。話の間そこを誰も通ってはいない。けれど男はそこにいた。

「それなら実験をしよう。そう、実験だ。実験の経過を見なくてはいけない…………そう、いけないのだから。速《すみ》やかに、速やかに実験をしよう」

「パー、プル………？」

信じられないものを見るように司が呟く。噂をすれば影が差す。そんなことわざがあることは知っている。けれどそれがまさか実現することなど思ったことはなかった。

「おい、ここは教会だぞ………？」

そしてニアも同じように信じられない面持《おもも》ちで現れた男を見た。日本における一地域の拠点でしかないとはいえ、この教会はこの世ならざる知識を排除する者たちが集まる場所だ。そこに直接乗り込んでくる馬鹿《ばか》は皆無ではないが………その中枢たる礼拝堂に唐突と、しかも最大の討伐対象が現れるなんて誰が予想できるのだろうか。

「パープル？　私はグレイ、そうグレイだ。パープルではない」

呆然《ぼうぜん》と自分を見る司に男は首を傾げる。

「お前の名前なんてどうでもいいっ！」

それにようやく我に返って司は叫び

「俺の妹を返しやがれ」

男を睨みつける。

長年探したその怨敵が、突然にその姿を現したのだから。

　それは一見すればみすぼらしい男でしかなかった。薄汚れた服にぼさぼさの髪。背は高いが肉付きは明らかに貧弱で、その背の高さがより一層それを強調してしまう。唯一顔は整っているようなのだが表情に乏《とぼ》しく、そのみすぼらしさもあって全くプラスになっていない。

「俺の妹をどこにやった」

　そんな男に司は叫ぶように問いかける。

「妹？　妹ならあげただろう？」

　キョトンとしたように男、グレイは答える。

「あれには君の妹であるように刻んだし…………材料にも妹を使ったものだよ？　妹、うん妹だ。そう、誰かの妹だった」

　うんうん、とグレイは頷く。

「君はあの時妹を返せと言った。言ったよね？　でも私は使うために攫《さら》った、そう使うために攫ったんだ。使うから返せないよね？　だから代わりの物を君にあげたよ？」

「…………それで俺が納得するとでも思ってたのか？」

　あの時の絶望を司は忘れることができない。実の妹の代わりに届けられた自身を兄と慕う魔導書…………そして彼女がどういった存在であるかを理解した時にさらに大きな絶望を司は味わったのだ。

「しない？　しないのか？」

しかしそんな司にグレイはやはりきょとんとする。

「まあいい、実験だ。実験の経過を見ないといけない。だって実験するために君に魔導書を渡したんだ、渡したんだから。その経過を確認しないと実験にならないよね？」

そしてそれをあっさりとどうでもいいものだと切り捨てた。

「いいさ、話なら殺した後でも聞けるからな」

そんなグレイに激情を抑えるように息を吐いて司は呟く……………もちろん殺したら聞けないがそれはどうでもいい。懐《ふところ》から剣の柄《つか》を取り出すと慣れた動作でその刀身を伸ばす。次いでその刀身に指を這《は》わせて効果の魔術を発動。頭痛など気にならなかった。

「ん、駄目だ。それじゃあ駄目だ。実験。そう実験にならない。経過を見たい。見なければならない。魔導書。そう、魔導書が必要だ」

司が握った剣を見てぶつぶつとグレイは呟く。

「そこか」

そしてあらぬ方向に視線を向ける。

「来い」

その言葉そのものには何の異常もないはずだ。しかしそれを聞くと同時に司の頭がぐらりと揺れて視界が一瞬歪む。ぞわりと全身に寒気も走る…………そして気が付けば傍らにシロの姿があった。

「シロ…………？」

「はい、ニーサマ」

驚く司にシロが頷く。

「どうやらシロは強制的に空間を転移させられたようです」

「…………そうか」

グレイのあのたった一言でシロは転移させられたらしい。それは間違いなく魔術なのだろうが司に聞こえたのは呪文《じゅもん》でも何でもなく、ごく普通の言葉でしかなかった。しかし間違いなく転移は発動してシロはここにいる。

「状況がわかりません。ニーサマ、シロはどうすればよいですか？」

「…………一緒にあの男と戦ってくれ」

司が再びグレイに視線を向け、シロも彼を見る。

「はい、ニーサマ」

躊躇《ためら》うことなくシロは頷く。彼女にとって相手が誰であるかはどうでもいいことだった。司がそれを望むならシロに従わない理由はないのだから。

「私もやる」

その二人の横にニアが立つ。

「あいつが叡智《えいち》の書の総帥《そうすい》なんだろ？　だったら最優先の討伐対象だ………私たちとしても何もせずに見ているわけにはいかねえからな」

そう言ってニアはグレイを睨みつける。

「………」

そんなニアをシロはじっと見た………けれどすぐにグレイへと視線を戻す。今は司の命令が最優先事項なのだから。その分はあちらにぶつければいいだけだ。

「では実験だ。実験の経過を確認しよう」

向けられる敵意にも意を介さずグレイは口を開く。

「耳を、そう耳を塞《ふさ》がないといけない。そうしないと実験。そう実験にならない」

そして司を見た。

「あ、どういう………」

意味だと司が問い返そうとするより早く、グレイがその口を大きく開く。寒気。それはそこから放たれるであろうものに対する恐怖。

「シロ、周囲を防音………いや、隔絶しろ！」

「はい、ニーサマ」

即座に叫んだ指示にシロは即座に反応する。

「隔絶の記述による魔術を実行」

言葉とともにシロの体が淡く白い光を放ち、周囲の音が消えた。聞こえるのは司たち自身の音だけ。外の風の音も鳥の囀《さえず》りも………グレイの放つ言葉も完全に聞こえない。

「　　　　　　　　　　　　　　　　　　　　　　」

視線の先でグレイの口が動いている。何かを詠唱している………恐らくは、聞くだけでこちらの法則を侵食する何か、いや聞くどころかその振動だけでも影響がある可能性は高いと司は判断した。

音は結局空気の振動だ。耳で聞かなくとも体でそれを感じることもできる………そしてそれだけでもこの世ならざる知識を理解することはできてしまう。もちろんそれは直接聞くことに比べれば遥《はる》かに影響は小さいだろう………しかしそれすらも危険だと司には思えた。だからこそ絶対的な防御である空間の隔絶をシロに指示したのだ。

「もう、いいよ？」

その声はその隔絶された領域になぜか届いた……そして突如として溢れ出たものにグレイの姿が呑《の》まれて消える。大量の黒の波。それはどこからか溢れ出してきた大量の黒い不定形の粘液。それは生き物のように蠢《うごめ》きながら礼拝堂の奥に広がっていく。さらにその動きに合わせて周囲に奇怪な音が響いた。粘液が蠢くことでは絶対に起きるはずのない、何かの鳴き声のような脳の奥に響く音。

「ぐ、が……」

その音と光景に司の頭に鈍い痛みが走る。その粘液は蠢きながらも様々な形を作っては崩していた……それはどれもこの世のものとは思えぬものばかり。そしてそれは見るだけで司の脳に刻み込まれ、その精神に深刻な影響を与える。

「っ⁉」

そんな司の様子にシロは即座に気づく。

「検閲《けんえつ》の記述による魔術を実行します」

口早に唱え、その体が蒼《あお》く燐光《りんこう》を放つ。検閲の魔術。それは司の認識する情報を精査し、その害となるものを遮断《しゃだん》する。それが働いている限りは司は理解してはいけないものを認識しない。それを見ても理解しないし、聞こえても理解しない。

「ぐ、シロ……助かった」

顔をしかめてこめかみを押さえながら司が礼を言う。

「何よりです、ニーサマ」

それにシロが頷く。

「しかしくそっ…………あれは向こう側の生き物ってことか？」

見るだけでこちらの精神に害を与えてくる存在など司は他に知らない。この世ならざる知識ならぬこの世ならざる生物。それを理解するということもやはり向こう側の法則を理解してしまうことに他ならない。

「いや、さすがに違うはずだ」

けれど自身の考えを即座に司は否定する。そうだとしたら司の受けた被害は軽すぎる。あれが完全に向こう側の生物であれば司の精神なんて一目で瓦解《がかい》したはずだ。そうでないということはやはりあれも魔術で作り出された不完全な生物に違いない。向こう側の生物と思《おぼ》しきものを作り出す魔術はいくつもある…………その一つだ。

「っ、ニアは？」

ふと思い出して慌てて辺りを見回す。検閲の魔術は対象が一人に限られる。それでなくともシロにニアを守る理由はないから指示しない限りは放置するだろう。被害は軽いといってもそれはあくまで一目見た被害だ、あの粘液を見続けていればどうなるかわからない。

「あの女ならばあれが現れると同時にここを出ました」

ニアを探す司にシロが告げる。

「そうか」

ならいい、司は胸を撫で下ろす。教会はこの世ならざる知識を異端としている……それはつまり魔術に対して魔術で対抗することができないということだ。さらにその戦いの中では嫌でも異端である知識を認識してしまう可能性がある。そうなれば自身も異端となり討伐の対象となることだってあるのだ。逃げたならそれでいい。

「さて、こっちはまず目の前のあれを何とかしないとな」

突然溢れ出たその黒い粘液は礼拝堂の奥が完全に黒く染まって見えないくらいに膨れ上がっていた。ステンドグラスも完全に塞がれて、まるで急に礼拝堂が暗闇《くらやみ》に包まれたような錯覚に陥《おちい》りそうですらある。

その黒にグレイの姿は見当たらない。最初にその中に呑まれたように見えたから恐らくはあの蠢く粘液の中にいるのだろうが、不透明な粘液のその中は見通せない。普通に考えればあれに呑まれれば息もできずに死ぬだろう……しかしそうは思えないのがあのグレイという存在の不気味さだ。

「焼くか」

ポツリと呟く。見るからに物理は通じそうにない……だとしたらまずは焼いてみるのが定番だ。あの粘液が明かりを塞いだせいで光源にも乏しいし、火で明るくもなって一石二鳥だと言える。

「シロは検閲の魔術の維持により他の魔術の実行には制限があります」

「わかってる、使える範囲でいい」

検閲の魔術はこの世ならざる知識から精神を守るには最適の魔術だが、その分対象者の認識する情報全てを検閲対象として精査するので魔術を行使するためのリソースを大きく喰う。だからそれが発動している間はシロは他に大きな魔術を使えない。

「延焼の記述による魔術を実行」

言葉とともにシロの体が紅《あか》い燐光を放つ。そしてその前方に炎が突如として出現し、放射状に黒い粘液へと向かって広がっていく………間にあった長椅子を全て焼き尽くし、その炎が黒い粘液に触れる。

ジュッ

最初に水の蒸発したような音がしたかと思うと、炎はそのまま黒い粘液を呑み込もうとさらに広がろうとする。

それに対する黒い粘液の反応は顕著だった。まるで驚いたようにその全体が一斉に激しく蠢き波立ち、炎から逃げるようにその全体を蠢かせて天井の角へと移動する。

「効果はあるみたいだな」

魔術で再現された生物はこの世界の法則を外れている部分も多い。明らかに氷のような外見をしているのに、炎でその氷がより強固になるなどという化け物とも司は戦ったことがある。あの粘液も見た目からとりあえず焼こうと思ったが炎が無効である可能性は想定していた。

だがなおも自身を焼くべく延焼を続ける炎に黒い粘液は次の行動をとる。蠢き、集まり、何かの形へとその全体を変化していく…………形作られたのは魚のような顔をした生物。けれど両手がありその手の先には水かき。全身は鱗《うろこ》に覆《おお》われていた。けれど巨大な黒い魚人と呼ぶべきそれの体は上半身までしかなく、下半身は変わらぬ黒い粘液のまま。そのせいかまるで黒い海から体を出しているようにも見える…………天地を逆にすれば、だが。

「ニーサマ、危険です」

「な…………!?」

その光景に思わず見入っていた司を抱えてシロが跳ぶ。それと同時にその黒い魚人はその口を大きく開き、そこから大量の水が溢れるように流れだす。それは自身に迫る炎を一瞬にして呑み込んで消してしまい、さらには激流となって司たちの方へと流れてくる。けれどその前にシロは司を抱えてその場を跳び、壁に並ぶ装飾の天使の像の一つを足場にして宙に留《とど》まる。多量の水がその下を通り過ぎ、礼拝堂の扉をぶち抜いて流れ出て行った。

「まだ来ます」

シロの視線がこちらに顔を向ける魚人を捉《とら》える。即座に天使の頭を蹴《け》ってシロは跳ぶ。それと同時に魚人の口から今度は小さく収束された水が一直線に放たれる。それはまるでレーザーのようにシロが足場にしていた天使像を切断し…………さらにその後を追う。司を抱えたままシロは天使の像をいくつも跳び移り、最後には身を捻《ひね》るようにして体を宙へと躍らせる。わずかな浮遊感。そして着地。

「炎弾の記述による魔術を行使します」

それと同時にシロは魚人へと手をかざし、言葉とともにその体が紅い燐光を放つ。その手から生まれた炎の塊は一直線に魚人の顔へと飛んで行き…………爆音とともにその顔を炎で包みこんだ。

「ニーサマ、大丈夫ですか？」

「…………なんとかな」

魚人から目を離さぬままに尋ねるシロに司は苦笑して答える。無事は無事だがシロに抱えられて目まぐるしく飛び回ったので頭が少しぐらぐらとしている。特に最後の着地は勢いもあってなかなかの負荷だった。

「あれは？」

「とりあえず形は崩れたようです」

最後にシロが放った炎弾の魔術によって魚人の顔は大きく抉《えぐ》れていた…………しかしそれは

あくまで黒い粘液が形作ったものにすぎない。そもそも脳や臓器なども存在しないだろうから焼けた以外にダメージにはなっていないだろう。

「もっと火力がいるな」

あの黒い粘液を一瞬で焼き尽くすほどの火力が。

「いけるか?」

「少し難しいです」

シロが首を振る。さっきも申告した通り検閲の魔術によるリソースの消耗が響いている。

「なら検閲の魔術を解除して……」

「それは駄目です」

即座にシロは却下する。

「少しくらいなら……」

「それは駄目です」

無表情に淡々と、しかし強くシロは繰り返す。

「…………」

それに根負けしたように司は黙り込む。もちろんシロは魔導書だから命令すれば必ず従うだろう。けれど司はシロに無理強いはしたくなかった……しかもそれが自分の身を案じてくれてのことならば。

と、爆音。再び魚人の形を取ろうとしていた粘液が内側から爆発《ばくはつ》して再び形を崩す。

「お前ら馬鹿か」

その光景に思わず視線を取られて司たちの背後から声が響く。

「敵の前で言い争ってんじゃねえよ…………死ね」

振り返ればそこには完全武装のニア…………らしき人が立っていた。というのもその顔には耳ごと覆うような大きなゴーグルがつけられていて表情もよくわからない。修道服の上から着込んだのであろうボディーアーマーにはナイフ、拳銃、手榴弾《しゅりゅうだん》らしきもの。その手に握るのはグレネードランチャーだろうか。肩にはアサルトライフルも担《かつ》いでいる。

さらに彼女は一人ではなかった。その後ろにはニアとほぼ同じ装備をした人間が十人ほど控えて立っていた…………一様にゴーグルでその顔を覆うその姿は異様さを感じさせる。

「…………この教会、こんなに焚書《ふんしょ》官が集まってたのかよ」

その姿に司が呆《あき》れるような声で呟く。そのゴーグルはカメラと集音マイクから取り入れた情報をデジタル処理することによって無害なものへ変化させる。つまりは司にかけられている検閲の魔術と似た処理を科学的に行う代物だ。しかし魔術と違ってデジタル処理にはタイムラグが存在する上に、加工された映像で戦闘するのは訓練が必要だ。

焚書官はその訓練に習熟し魔導書を狩ることに特化した戦闘部隊であり、その数はそれほど多くない。それが十人というのはかなりの数だ。

「何度も言うがあれは私たちにとっても最優先の敵だからな……その可能性があるなら集めてもおく。さすがに古参の人たちまでは集められなかったけどな」

ゴーグルは最近の技術によって作られたものだ。しかし古参の人間はそれすらない時代に魔導書を狩っていた歴戦の猛者《もさ》である……なにせゴーグルの代わりに自身の目や耳を潰《つぶ》した上で魔術を使う存在を相手にして生き延びてきたのだから。

「撃て」

無駄話はここまでだというように命じ、ニアは自身もその手からグレネード弾を放つ。それは魚人の形へ戻りつつあった黒い粘液の中へ真っ直ぐに潜《もぐ》り込むと、その内側で爆発して炎をまき散らす。それが十人からなる焚書官たちからも立て続けに放たれて、瞬《また》く間に黒い粘液は爆発の中にその姿を隠した。

「すごい音です」

「そうだな」

慌てて二人へは誤射上等であろうその射線から身を隠した司とシロだが、振動すら伴う轟音《ごうおん》に司は顔をしかめる。盛大に放たれるグレネード弾は音だけでなく、その爆発そのもので礼拝堂の中を大きく揺らしている……いくら彼らにとって許されざる敵が相手だとはいえ、自身の拠点で躊躇いなく爆発物を使うあたり本当に容赦ない。

ベチャッ

弾が切れたのか充分だと判断したのか、不意に爆発音が途絶えて代わりに粘り気のある水音が響いた。見やれば先ほどまで黒い粘液が集まっていた天井の隅には大きな穴が開いて空が覗き、爆発の煙はそこから抜けて行くように薄れていた……そしてその下の床には黒い粘液が落ちて広がっている。爆発の衝撃が堪《こた》えたのか蠢く様子もなく死んだようにも見える。

「焼夷弾《しょういだん》用意」

ニアが告げると手慣れた様子で焚書官たちがグレネードランチャーに弾を装填《そうてん》する。本の属性を持つ魔導書には炎は通常以上に有効だ。あの粘液対策に急場で揃えたのではなくもともと用意していた物だろう。

「撃て」

そしてそれを放つ。狙《ねら》い違《たが》わず着弾した焼夷弾はすぐさまその周囲に炎を燃え上がらせ黒粘液を焼いていく。それに慌てたように再び粘液は蠢くが、立て続けに着弾する焼夷弾がその抵抗すら許さぬと炎によって押し込んでいく……そして今度こそ動かなくなった。

「ふん、終わりだ」

その光景にニアが鼻を鳴らす。黒い粘液を呑み込んだ炎はまだ消えずに燃え続けているがその中で蠢くものはもう見えない。念のためにあのまま燃やし続けて、延焼だけはしないように気を付ければいいだろう。

「しかしあのグレイとか名乗った野郎はどこに消えやがった？」

呑み込まれた所をニアは見ていない。シロがグレイの魔術の詠唱を隔絶し、それが発動する直前にはニアは礼拝堂を出ていた。魔術の強力さをニアは知っている。それと戦うためには準備と人員が必要だと理解していたからだ。

「俺にはあの中に呑まれてたように見えた」

「あ？　じゃあ死んでるじゃねえか」

あの黒い粘液は散々内側から爆発させたし、今まさに燃え尽きんとしている。その中にいたなら普通に考えれば死んでいる。それには司も同意したいところだ………それがあの男でさえなかったら。

「ニーサマ」

そこを探すように炎を見やる司にシロが声を掛ける。その視線は上を向いていた………それに司も上を見上げ、その意味を悟る。

「どうやらまだ死んでいないらしい」

「あ？」

見上げたまま呟く司にニアは視線を向ける。

「少なくともあの黒い粘液は、な」

「⁉」

そしてその視線を追って、礼拝堂の天井に集まる黒い雲を見た。燃え続ける床の炎から立ち上った煙。それが天井に空《あ》いた穴から抜けて行くことなく一つ所に集まっている。やがてそれは蠢くように質感を増していって元の黒い粘液へと戻り、そのまま天井へと貼《は》り付いた。

「戻った、な」

さらにそれは燃え続けて止まることなく煙を吸収し、どんどんとその嵩《かさ》を増して元の質量を取り戻していっているように見えた。

「つまりはあれは燃やしても一時的に形態を変えるだけってことか？」

「そうらしい」

ニアの意見に司も賛成だ。どうやらあの黒い粘液は燃やせば煙になるがそれで死ぬわけではないらしい。燃やされると煙になり、その煙が集まれば再び元の粘液に戻る…………もはや生物かどうかも疑わしい存在だ。

「ち、なら凍らせるか電気でも流してみるか…………試すしかねえな」

舌打ちしてニアは黒い粘液を睨みつける。火が効かないとなれば手探りで弱点を探していくしかない。幸い装備自体は魔術に対抗するためにグレネード弾だけでも様々な種類を用意してあった。数自体は炎系が多めだが他もそれなりに数は揃っている。

「冷凍弾用意」

その中でもまずは液体窒素を詰め込んだ弾をニアは選択する。それで殺すことができなくとも固めれば封じられるだろうという判断からだ………しかしそれを放つよりも前に黒い粘液はその形を変えた。それもその姿を無数に分裂させて、だ。

「あれは」

それは司にとっても見覚えのある姿だった。生命の魔導書の魔術の一つ。人からその生命力を奪う青黒い霧の猟犬。無数に分裂した黒い粘液はそれへと姿を変えて司たちに向けてそれぞれ走りだす。

「撃てっ！」

即座にニアが命じる。一斉に放たれる冷凍弾をしかし猟犬たちは躱《かわ》していく。元が粘液だからか猟犬自体の性質か、壁も天井もなく彼らは縦横無尽にひた走る。それを単発のグレネード弾で狙うことは至難の業だ。外れた弾が壁や天井、床に冷気をまき散らす。

「気をつけろ舌を伸ばすぞっ！」

距離を縮めてくる猟犬に司は注意を喚起する。見た目から普通の犬のように牙《きば》を武器に飛び掛かってくると想像しがちだが、猟犬はその鋭い舌を長く伸ばしてくる。その注意が効いたのか焚書官たちは猟犬から伸びる舌を危なげない動きで躱していく。

「こ、のっ！」

そして司も自身へと伸びる舌を躱し、それを辿るように踏み込んで猟犬を一体その剣で斬《き》り捨てる。真っ二つに斬り裂かれる猟犬に剣から伝わってくる粘性の感触。その意味を悟って即座に司は距離を取る。猟犬の姿をしていてもその本質はあの粘液のままだ………そんな相手を斬ったところで意味はない。

「感電の記述による魔術を実行」

しかし斬れば一瞬とはいえ動きは止まる。そこにシロが跳び込んで猟犬の頭を摑む。それと同時にその体が黄色く燐光し、バチリと猟犬の全身に雷光が走った。猟犬の体が一瞬震えて形が崩れ………けれどすぐに元の形へと再生した。それを確認するとシロは即座に猟犬を放り投げる………それは別の猟犬にぶち当たって真っ黒い粘液をぶちまけるが、シロはその結果を確認することなく司に顔を向ける。

「ニーサマ駄目です、電気は効きません」

「みたいだな」

電気であれを動かす神経のようなものが破壊されないかと期待したが駄目だったらしい。凍結も無効のようで、運よく冷凍弾が命中した猟犬が止まることなく動いているのが視界の端に見えた。

「うわあああああああああ⁉」

不意の悲鳴。

「おい、あいつを狙えっ！」

それに即座に檄《げき》を飛ばすニアの声。視線をやると頭のない巨大な蝙蝠《こうもり》とでも呼ぶべきものがその両足で焚書官の一人を摑み上げて宙に浮かせていた。その真っ黒な様相からするとあれも粘液が形作ったものらしい。

ニアの指示を受けて何人かの焚書官がライフルを構えて蝙蝠を狙い、その銃弾によって粘液が飛び散る。捕まった焚書官は解放され数メートルを落下はしたものの、受け身を取ってすぐに立ち上がった。さすがに厳しい訓練を受けているだけのことはある。

「固まって死角を作るな！　羽持ってる奴はライフルで叩き落とせっ！」

ニアが叫ぶ。気が付けばその蝙蝠のような化け物は、猟犬に交じって何匹も礼拝堂の天井を飛び回っている。ただでさえ猟犬は壁や天井を走り四方から攻め立ててくるのに、さらに宙という空間からの攻撃まで加わった形だ。

今はまだ互いにカバーしあってどうにかなっても、こちらに決定打がない以上はじり貧になるのが目に見えていた。

「シロ、分解は使えるか？」

「はい、ニーサマ。可能です」

油断なく視線を巡らしながら尋ねる司に、シロは返答する。

「ですが現状では効果の範囲も狭く、連続しての使用も不可能です」

「検閲の魔術を停止したらどうだ？」

「……………仮に停止した場合でも現状にはそぐわないとシロは考えます。シロの使用できる分解の記述による魔術の効果と範囲ではこれだけの数には対処できません。その場合残ったあれがそれに対処できるように変化する可能性があります」

なぜならその魔術は強力な分、もとより影響を与えられる範囲が狭い。

「だったら、方法は一つだ」

覚悟を決めたように司はシロを見る。

「駄目です、ニーサマ」

その意味を悟ってシロは反対の言葉を紡《つむ》ぐ。

「現状でもシロとニーサマだけなら対処は可能です」

「かもな」

けれど焚書官たちは命を落とすだろう。別に彼らに関しては縁も所縁《ゆかり》も情もないが………ニアに関しては少し違う。

それにどうせなら、誰も死なない方がいいに決まっている。

「どのみちあのクソ野郎を引きずり出すには多分力を見せないといけない」

実験だとグレイは言っていた。その実験のためにシロをこの場にわざわざ転移させ、あの黒い粘液を出現させた………つまりはその対処が見たいということなのだろう。だとすればその結果次第ではグレイは再び姿を現さない可能性もある。

「でもニーサマ」

「記憶はちゃんと記述済みだろ？」

「………はい、ニーサマ」

少し間をおいてシロは頷く。

「なら問題ない」

告げて司はライフルを乱射するニアの元へと走る。その後ろを少し遅れてシロが続く。その表情はいつもと変わらないのに口元はどこか物悲しい。

「ニア」

「今忙しいっ！」

全体を見回しながら絶え間なくニアはライフルの引き金を引いている。もちろんそれであの化け物共は倒せないが、仲間の窮地を救うには一瞬の動きを止めるだけでも充分だ。

「あれを全滅させる」

「………どうやってだ？」

しかしその一言にはさすがに動きを止めて司を見る。

「あいつらの動きを止めるから一斉に礼拝堂を出ろ」

それに答えず司は告げる。

「おい」

それだけで察してニアは司を睨みつける。

「ここは神の家だぞ?」

「知ってる」

「お前はそこであの野郎と同じ真似《まね》をしようっていうのか」

それは神への冒瀆《ぼうとく》以外のなんでもないというのに…………その事実が知れ渡ればその立場は間違いなく危ういものになるというのに。

「ああ」

けれど躊躇うことなく司は頷く。

「俺はこのならざる知識の抹消者で…………魔術師でもあるからな」

だから知っている。これは神への冒瀆でも何でもないと。

「黙れ」

それにニアが司を睨みつける。

「頼むよ、ニア」

その視線に司は苦笑して見つめ返す。

「…………勝手にしろ」

吐き捨ててニアはゴーグルに指をやって何か操作する。多分通信機能でもあるのだろう。この乱戦なら叫ぶよりもそちらの方が確実だ。

「シロ、吹き飛ばせ」

「はい、ニーサマ」

それを確認して告げた司に、シロは頷く。

「突風の記述による魔術を実行」

その言葉とともにシロの体が翠《みどり》に淡い光を放ち、礼拝堂の中に突風が吹き荒れる。その風は焚書官たちを避けて的確に化け物たちだけを捉え、それらを礼拝堂の奥へと勢いよく叩きつける。水の弾《はじ》ける音がいくつも響いて化け物たちは元の黒い粘液に戻っていく。

「今だ！」

司が叫ぶよりも早く焚書官たちは行動していた。統制の取れた動きで速やかに集まって礼拝堂から出て行く。

「…………」

殿《しんがり》のニアが一瞬だけ司を振り返り、その感情を振り切るように出て行った。

「さて」

それを見送って司は呟く。礼拝堂に残ったのは司とシロの二人……それにあの黒い粘液の化け物だけ。

それならば、もはや何の遠慮も必要なかった。

魔術に必要なのは呪文と意思と生命力の三つだと以前に司は叶へと説明した。生命力を燃料とし、呪文に意思という触媒を与えることで魔術は発動する。だからこそ魔導書は無機物ではなく意思を持ち命のある存在でなくてはならないのだと。

そしてその魔術の威力は呪文の内包するこの世ならざる知識の量、意志の強さ、燃料となる生命力の大きさによって変わる。さらにその中で触媒となる意思は特に重要な要素だ。触媒となる意思が強ければ強いほど反応は大きくなり、結果として魔術の威力は大きくなる。

しかしその点で言えば魔導書というのは不適格な存在だ……なぜなら魔導書のその意思はひどく弱い。人に従い、人に逆らわぬようその自我は希薄に作られている。つまるところ触媒としてのその意思は弱く魔術の効果も弱めている。

つまるところ、魔術は魔導書よりも人が使った方が強い効果を得られる。人がその意思を強く触媒とすればその威力は魔導書の使うそれとは桁違《けたちが》いの強さになるのだ……もっとも、強い意思を触媒とすればよりこの世ならざる知識への認識も深まってしまう。つまりはこの世界の法則から外れる割合も非常に大きくなってしまうのだが…………今はそれが必要だ。

「シロ」

「はい、シロの準備はできています」

司の背中から手を回して彼に抱き付き、シロはその背に顔を埋めている。司の視線の先では壁に張り付いた黒い粘液が蠢《うごめ》いて再び何かの形を取ろうとしていた。それほど時間の余裕はないだろう。

「ページを開け」

だから司は告げる。

「…………はい、ニーサマ」

わずかな沈黙の後にシロは頷く。それと同時に司の手に一冊の本が現れる。現実には存在しない司の意識の中にだけ見える本。けれどしっかりとした感触のあるその本は、司の手の中でひとりでに開いてとあるページで止まる。

それはある一つの魔術の知識が記されたページ。目にするだけで理解したその人間を別の法則へと引きずり込み、その精神に深刻な影響を与える知識。そしてその知識を内包した魔術を使うための呪文が記されている。

「それは白き彼方《かなた》より来たりしもの」

それを司は唱える。その呪文は見知った言葉でありながら不可思議な発音だった。それはこの世のものではない言葉に、この世界の言葉を重ねて隠した結果………ほんの少しでもその影響を、その理解を妨げるために。

「一、つ……の物を数多《あまた》に掻《か》き分《わ》ける」

だがそれでもその呪文を口にする度に司の意識は大きく揺らぐ。まるで言葉を発する度に巨大なハンマーで頭を殴られているような感覚。視界は大きくぶれて己《おのれ》の立ち位置すら定まらない。頭痛なんて呼ぶのも生易しいような痛みがガンガンと頭に響く。

「わた、しはその神に……願う」

一言ごとに意識が飛ぶ、記憶が定かでなくなる。

「この目の前、の、怨敵を消し、去らんことを」

司という意識が薄れ、違う何かが思考に入り込む。

「その全てが白に消え去らんことを」

明瞭に、その言葉を語る。

「　　　　　　　　　　　　　　　　」

最後のこの世ならざる言葉がその口から洩《も》れ出して………司のその精神は完全に機能を停止した。

けれど、その魔術は発動する。
司のその意思を触媒として
ありとあらゆるものを分解して消し去る、その魔術が。

礼拝堂に存在するもの全てが消え去っていくその光景をシロは全く見ていなかった。ただ自身を読まれることによる本能的な充足と、抱き付いた部分から伝わる司の感触だけをじっと享受していた。

「ニーサマ」

やがてその魔術が役割を終えたことを感じ、シロは司を呼ぶ。

「ニーサマ」

返事はない。抱き付いたままのその感触は何も変わらないのに。

「ニーサマ」

けれど司は何も答えず、動かない。

「…………ニーサマ」

それでようやくシロは司に抱き付くのをやめた。そして司の前に回り込んでその姿を確認する……司の目は開いていても何も映していなかった。その口は開いているだけで何の言葉も口にしない。

「ニー、サマ」

そんな司をシロは無表情に見つめる。

「ニーサマ」

「ニーサマ」

「ニーサマ」

けれどシロは何度も呼び掛ける。

「…………」

そして不意に言葉が途切れ、

「所有者の自我喪失につき既定の命令を実行します」

淡々と口にして……司の顔に自分の顔を近づける。

「記録されたバックアップの上書きを実行」

最後にそう呟いて、シロは司の唇へと自身の唇を重ねる。

その顔は、不思議と赤らんでいるように見えた。

気が付くと目の前にシロの顔があった。けれどそれ自体は不思議なことではない。司の傍にシロがいるのは当たり前で、最後の記憶も彼女とアパートの一室にいるものだ……しかしここは見るからにアパートではない。

そこは驚くほどに何もない空間だった。床は鏡面のように磨かれて平坦《へいたん》で、壁も同様で何の装飾もなくコンクリートの地肌だけが続いている。かなり広い間取りがとられているのにそこには一切の物がなく、唯一天井に空いている穴から覗く空の青だけがこの空虚な空間に彩《いろど》りを与えていた。

記憶と目の前の光景の差異に司は自分の状況を理解する……そしてそれと同時に意識に記憶が流れ込んで来た。それは司の中にある最後の記憶よりも先の記憶。けれどなぜだかその記憶の中の視線は司を見つめている光景が多い……それはつまりこの記憶が自分ではなく他の誰かが見た光景であるということ。

朝、司が目覚めるよりも早く動き始め朝食を用意する。

起床時間に司を起こし、出来立ての朝食を振る舞う。

朝食を食べる司を注視。適切なタイミングでお茶と調味料を差し出す。

特に何もすることはなく、司と同じ時間を昼まで過ごす。

昼食の準備。それを食べる司のサポート。司が食べ終えるのを確認してケーキを食べる。

叶の家まで移動。混雑するバスで離れないよう手を繋ぐ。

叶宅での会話。成長を望む。

教会へ移動。ニアとの再会。司と引き離される。

二人きりで叶と会話。妹の定義。わがままを許される。

礼拝堂への転移。グレイ。叡智の書の総帥。自身の製造者。

実験。変化する黒い粘液。ニアと焚書官との共闘。

劣勢からの司の決断。直接詠唱による魔術の使用。その精神の崩壊。

自身に記録された司の記憶と人格による上書きの実行。


それはシロの記憶。切り札である司自身による魔術の使用。それに備えて定期的にシロの中に記録していた司の記憶と人格のバックアップ。魔術の代償によってその精神が壊れるならそれを上書きすることで直してしまえばいい、そんな発想によるもの。白紙の魔導書であるシロだからこそ司の記憶と人格を記録することが可能だった。

そうして上書きされた記憶と現在の差異を埋めるための補完となるシロの記憶………それ

がシロ自身がその時感じた感情とともに司の意識へと流れ込んでくる。感情。そう、感情だ。シロ自身にはまだ理解できないその生の感情。それが司の中で溢れるようにその強さを彼へと訴えてくる。

ニーサマがシロの作った朝食を食べた。嬉《うれ》しい。
ニーサマとただ無為に時間を過ごした。楽しい。
ニーサマがシロの作った昼食を食べた。嬉しい。
ニーサマとバスに乗った。手を繋いだ。嬉しい。
ニーサマと叶と話した。成長を望んだ。許される。嬉しい。
ニーサマと叶と教会に行った。ニアにニーサマから引き離される。許せない。
叶と二人だけで話した。妹について教わった。
わがままを許される。嬉しい。嬉しい。嬉しい。
強制的に転移させられた。ニーサマと再会する。嬉しい。
変化する黒い粘液。ニーサマを守る。助ける。
ニアと焚書官と共闘する。どうでもいい。ニーサマを守る。
劣勢からニーサマが分解の魔術を使う決意をする。不安。不安。
ニーサマが分解の魔術を使うためにシロを読む。嬉しい。気持ちいい。

ニーサマが動かない。
ニーサマがシロを見てくれない。
ニーサマがシロに話しかけてくれない。
ニーサマが
ニーサマが
ニーサマが
ニーサマを、戻さなきゃ。不安。絶望。

その感情を最後に記憶の再生が止まる。それは一瞬の出来事。しかしその一瞬で目の前のシロの感情を全て司は理解して受け止めた……ああもう、全く。叶は余計なことを吹き込みやがってとため息を吐《つ》く。

「ありがとうな、シロ」

だがまあ、とりあえず今はこれが最優先。シロの頭に手をやって優しく撫でる。

それだけで、シロの最後の感情だけは払拭《ふっしょく》できるはずだから。

「ちっ、派手にやりやがって」

司がシロを撫でて、彼女がそれをしばらく享受していると礼拝堂にニアが戻って来る。礼拝堂の中は破壊されたと表現することもできないような奇妙な状態になっていた。そこにあったものは戦闘の跡も含めて完全に消え失《う》せて、床や壁もまるで表面を削り取ったように滑らかになっている。

「あー、悪い」

「謝ったところでどうにもならねえよ」

この惨状《さんじょう》は報告するしかない。それによる何らかのペナルティーは避けられないだろう。それどころか司が聖女の庇護を受けていなければ、この場で討伐対象になっていてもおかしくない案件だ………だからこそ暴発の可能性を考えて他の焚書官は待機させ、ニアは自分だけで来たのだが。

「それで、あのグレイとかいう野郎は？」

確認するようにニアは周囲を見回すが、そこにはやはり何もない。

「さあ」

ニアの言葉に司は首を振る。シロの記憶を見た限りではあの黒い粘液を呼び出すと同時にグレイの姿は消えている。最初はあの粘液の中に潜《ひそ》んでいると思われたが、それも間違いだったようだ………というかどこかに潜んでいたとしても、この礼拝堂にいたのなら消滅している可能性は高い。

「私？　私はここにいるよ？」

けれどグレイの返答が不意に響く。先ほどまで誰もいなかったはずのそこにグレイの姿が現れていた。ニアも司も今しがたそこには誰もいなかったのを確認している。視線を外してもいない。けれど唐突にその姿がそこに現れていた。

「てめえっ！」

反射的にニアがライフルをグレイへと向け、発砲する。人を簡単に穴だらけにできる無数の銃弾………グレイはそれを避けようとすらしなかった。傍目からすれば全く反応できなかったようにも見えただろう。

ただ、何も起こらなかった。

銃弾は弾かれたのでもなく、逸《そ》れたのでもなく………ただ、消えた。

「な………⁉」

何かした様子はない。魔術を使ったそぶりすらない。けれど銃弾は消えた。

「実験、そう実験は終わりだ。経過の確認はした。したからね？」

そしてそのことをグレイ自身も気にしてすらいない。まるで最初から何も起こっていないとでも言うように。

「一体あれが何の実験だったって言うんだ、お前は」

その事実に沸き上がりそうな感情を抑えて、司が尋ねる。

「君と、それと、これの実験だよ？」

これ、そうグレイが口にすると同時に彼の横には叶の姿があった。何が起こっているかわからない、そんな表情でそこに立っていた。

「叶《かな》っ！」

驚きよりも行動を司は優先した。即座にグレイへと向かって飛び出し、その手の剣を振りかぶって斬りかかる。肩から心臓へかけて、袈裟《けさ》斬りに振るわれた剣はしかし先ほどの銃弾のようにその刀身が消え失せる。

「ちぃっ！」

援護するようにニアが再びの銃撃。しかし何も起こらない。

「衝撃の記述による魔術を実行」

そこに響くシロの声。その体が白く燐光を放ち、それと同時にグレイが何かに撥《は》ねられたように突如として吹っ飛ぶ。

「きゃっ⁉」

その隙《すき》に司は剣の残骸《ざんがい》を放り捨てて叶を掴み、自身の下へ引き寄せる。

「大丈夫か？」

「え、うん…………大丈夫だけど」

何が起こっているのかわからないという顔で叶が頷く。

「ならとりあえず下がってろ」

そう言って叶を後ろに下がらせ、司は視線を吹っ飛んだはずのグレイへと向ける。


「実験、そうか君はまだ実験に付き合ってくれるんだね」


そして何事もなかったようにグレイがすぐそこに立っていた…………まるで最初からそこに立っていたように。吹っ飛んでなどいないように。

「素晴らしい、それは素晴らしいね」

そしてうんうん、と頷く。

「…………っ」

得体が知れない。底が知れない。司にとっては長年探していた憎い相手で、ただ殺しただけでは気が済まない男…………けれど殺せるイメージが湧《わ》かない。それどころか何か影響を与えることすらできるかどうかわからない。なにせ司の切り札である代償覚悟の魔術の直接行使、それをグレイの方は平然と行いながらも代償を支払っているようには見えない…………まともな人間じゃないのは間違いないと思うが。

「見返り、そうだ新しい実験の協力には見返りが必要だ。何が欲しい？　欲しいかな？」

首を斜めにして、覗き込むようにグレイが司へと尋ねる。

「…………なら、俺の質問に答えろ」

反発したい気持ちを抑えて、司はその要望を口にする。できることなら捕らえて無理矢理に口を割らせたい。しかし司の理性は無謀な試みをする前に、まず得られるものを得るべきだと告げていた。

「いいよ、答えよう」

あっさりとグレイはそれを承諾する。

「なら」

「実験の前に一つ、そう、一つだけ答えよう」

「…………っ」

けれど尋ねるその言葉を遮《さえぎ》るように選択肢をグレイは狭《せば》める。

「それにここはそう、実験に相応《ふさわ》しくない。そう、相応しくない」

グレイのその視線がニアに向けられる。

「⁉」

それにニアは反射的にライフルを構える………が、撃てない。なぜならそれが意味のないことを知っている。そして頭には浮かんでしまっている。銃弾と同じように、この男は人間も簡単に消せてしまえるのではないかと。

それは原始的な死の恐怖。どれだけ頭で目の前の敵を倒さなければならない、その義務があるのだとわかっていても………体は硬直したように動いてくれない。

「………なら、どうするんだ？」

そんなニアを守るように司は自身の位置をずらし、グレイに尋ねる。

「相応しい場所で私は待つ。そう、待つとも」

するとグレイは再び司に視線を向けた。

「君たちが来たら実験……うん、実験を始めよう」

そう言うとグレイのその姿が霞《かす》み始める。

「ちょっと待て、待つってどこでだ⁉」

「知ってる。その場所は知ってるはずだよ？」

グレイはキョトンとした表情を浮かべ、

そのまま消えた。

四章　望まれない実験とその顛末

「えっと」

気まずい雰囲気の中で叶《かの》は口を開いた。そこは最初に案内された応接室。あの時は司《つかさ》もニアもすぐ出て行ってしまってシロと二人残されたが、今はミコトを除くその全員が部屋に揃《そろ》っている…………けれどその時とは纏《まと》う雰囲気はまるで違っていた。司もニアも殺気立つような表情で座っていて落ち着いた表情をしているのはシロだけだ。

「何がどうなってるの？」

「それを聞きたいのは俺《おれ》の方だ」

「ひうっ⁉」

戸惑《とまど》うような叶に司は剣呑《けんのん》な声で返す。その視線にも殺意に近いような威迫が込められていて叶は思わず涙目になった。

「ニーサマ」

それにシロが割り込むように彼の裾《すそ》を引く。無表情に淡々と、けれどそれがどこか司を非難するように感じられたのは恐らく気のせいではない。

chapter 4
book texts fragments manuscripts

「…………すまん」

落ち着くように息を吐き、司は叶へと謝罪する。確かにさっきまでの出来事のせいで気持ちはささくれ立っているが、それは叶に責任があるわけじゃない。彼女に対してするべきは尋問ではなく情報提供のお願いであるべきなのは確かだった。

「まず自分の覚えてることを聞かせてくれないか？」

「う、うん」

戸惑いは消えないものの叶は頷《うなず》く。

「司とニアさんが出て行ってからシロと話してたの」

「…………それは知ってる」

シロの記憶で司は見た。そのことで叶には言いたいこともあったが、それは今話題にするべきことでもないと司もわかっている。

「それでしばらくしたらシロが急に消えちゃって」

シロがグレイに転移させられた時のことだろう。

「その後は？」

「それで驚いてたら視界がなんか一瞬真っ暗になって…………気が付いたら礼拝堂？　みたいなところにいて司たちが見えたの」

「…………礼拝堂にいたのか？」

「うん、さっきいたところが礼拝堂でよかったんだよね？」

現状では礼拝堂と呼ぶには疑問のある状態になってしまってはいたが。

「ああ、つまりは俺たちが戦ってるところも見てたのか？」

「えっと…………うん」

頷く叶に司はニアに視線を送る。彼女は静かに首を振った。つまりあの時礼拝堂でニアは叶の存在を確認していない…………もちろん司だってそうだ。もしあの場に叶がいることに気づいたらまず彼女を避難させている。

「あー、疑うわけじゃないが本当に？」

だからこそ確認の意味も込めてもう一度尋ねる。

「うん、ニアさんと教会の人たち？　が、銃とかたくさん撃ったり爆発《ばくはつ》がたくさん起こったりしてたよね？」

「…………」

司たちが叶を視認した時に焚書《ふんしょ》官たちはいなかった。だからそれはあの場にいて見ていなければわからなかった事実だ。

「つまり、戦闘の最初から最後まで見てたのか？」

「そうだけど？」

何気ないように答える叶を司は信じられないように見る。なぜなら最後まで見ていたということは、司が魔術を直接行使するところも見ていたはずなのだから。

「でも、なんか変だった」

そんな視線に叶は気づかず、ふと思い出したように呟《つぶや》く。

「………どんな風に？」

「私はそこにいるんだけどいない、っていうか………みんな私がいないみたいにすり抜けて行くくし、火とかに近づいても熱くなかったの。爆発とかの音だってなんか壁を挟んだみたいにくぐもった音だったたし、衝撃みたいなのも伝わってこなかったよ？」

その時のことを心底不思議そうに叶は口にする。

「つまり異空間にいたってこと、か？」

司自身も確信ではないという口調で呟く。壁一つ隔てたこの世界に限りなく近く、しかし重なり合わない別の空間。隔てるというならシロの使う隔絶の魔術もそうだが、あれはあくまでこの世界において自身の周囲からの影響を隔離するものだ。この世界に存在するに違いないし全《すべ》ての影響を受けないわけではない………しかしそういうものがあるのだと考えれば叶の言葉に納得もできるし、グレイが消えたり現れたりしていた理由も説明がつく。

「よくわかんないけど、多分」

叶は頷く。異空間。言われてみればそんな場所だったと叶にも思えた。

「そこにグレイの奴《やつ》もいたのか？」

確認のために司が尋ねる。

「グレイってさっきいきなり消えた人だよね？」

「ああ」

叶の認識からすればそんなものだろう。

「うん、いたよ。私が話しかけてもずっと無視だったけど」

「そうか」

渋い顔で司は頷く。予想はしていても事実であると確認すると厳しい現実だ。最低でもその異空間とやらに干渉する方法がないとグレイをどうにかすることはできないのだから。

「それで、えっと……あの人は何なの？　さすがに司たちの敵なんだってことくらいはわかるけど」

当然の疑問を叶は口にする。

「そうだな」

司は頷く。その理由もわからず一方的に質問されるのも理不尽だろう。

「あいつは、そう……一言で言うなら全ての元凶だ」

はっきりと、司は断言した。

魔術、その根源たるこの世ならざる知識、そして人が代償なしに魔術を使うために作りだされた魔導書……そしてそれらを扱う魔術師と呼ばれる人間。その全ては遠い昔に一度完全にこの世から抹消された。

その理由は特筆すべきものではない。もとより魔術は有用な効果を持つがその知識そのものが害であるような存在。そしてその害を受けずに魔術を使うための魔導書も、その材料として少女を必要とするような代物であれば忌避《きひ》されるのも当然だ。必然としてそれらは人々に恐れられ、同時に人々から追われる存在でもあった。

そしてその趨勢《すうせい》を決定づけたのが教会による異端認定だ。すでに当時から広く信仰されいたその宗教組織は魔術とそれに纏《まつ》わるものを異端とし、総力をあげてその根絶を行った。その結果として魔術師は全て死に絶え、魔導書はみな燃やされた。それによってこの世ならざる知識は完全に消えさって、魔術は伝承や御伽噺《おとぎばなし》として架空の世界に残るのみとなった……はずだったのだ。

しかしそれはある時突然現れた叡智《えいち》の書と名乗る魔術結社によって復活を遂げる。彼らは失われたはずの知識を収めた魔導書を作り出し、さらにはそれを実験と称して世の中へとばら撒《ま》いたのだ。彼ら自身は表に出ることはほとんどなく、彼らによって魔導書を手に入れた一般人が事件を起こす。教会はそれに対応するためかつての焚書官たちによる組織を再編し、それから長い戦いが繰り広げられている。

そしてその叡智の書の総帥《そうすい》にして魔導書の作成者とされているのがグレイ……もっとも司が最初に会った時はパープルと名乗っていたし、彼が本当に叡智の書の総帥であるかも確認できていない。しかし少なくとも魔導書の作成者であり、強力な魔術師であるのは確かだ。

「教会も長年奴らを追ってるが、はっきりと姿を確認したのは今回が初めてだ」

司の説明にニアが付け加える。

「そしてその理由はここにいるお前らが関《かか》わっている」

司たち三人をニアは見回す。

「え、と……私も？」

思わず叶は聞き返すがニアは否定《ひてい》しない。助けを求めるように司を見ても彼も何も言わなかった。けれど叶自身にはそんな心当たりなんて全くない。

「実験、か」

司が呟く。叡智の書が魔導書をばら撒く理由であり、グレイが何度も口にしていた言葉。実験のためだとシロを呼び出してあの黒い粘液をけしかけ、叶もその場に居合わせさせた。

「こっちに関しては間違いなくシロが対象だろうな……なにせ俺にシロを渡したのは他《ほか》ならぬあの野郎だ」

「えっ⁉」

司の言葉に叶が驚く。

「あの人が司にシロを渡したの？」

「ああ、そうだよ」

忌々《いまいま》し気に司は頷く。

「両親を事故で亡くしてそれでも俺は残された妹と平穏に暮らしていた…………あいつに妹が攫《さら》われるまでな」

「妹さん、を…………？」

何のために、とは聞けなかった。聞くまでもなくそれが嫌な想像にしかならないことを叶も理解できていたから。

「俺は当時何の力も持たないただの学生だったけどな…………必死で妹を攫った野郎を探したよ。俺には残された妹を兄として両親の代わりに幸せにしてやる責任があったからな」

それで見つけた、と司は続けた。

「あいつの根城を見つけて、俺は妹を返せと殴りかかって…………気が付いたら地面に寝転がってた。体も全く動かないしひどく痛んだ」

当時の司には何をされたかすらわからなかった。何せ魔術の知識など何もない。相手が途方もなく得体の知れない存在だとひどく恐怖を感じたことを覚えている。

「それでも妹を返せと叫び続けた俺にあいつは言ったよ………それなら君に妹をあげようってな」

その時のことは司にとっても最大の後悔だ。もしあの時グレイの言葉をもっとしっかりと確認していたらあの日の絶望はなかったかもしれない。

「あいつが突然消えて、体が動くようになって俺は家に戻った。そこには俺の妹の代わりにシロがいた………その白紙ばかりのページの中に、俺の妹であることだけを定義として記《しる》されたシロが、な」

あの時、妹をあげようとグレイは言ったのだ。返そうでもなくあげようと………そしてそれが誰《だれ》の妹であるかも明言はしなかった。そして司も知らない誰かの妹を材料とし、司の妹として自身を認識する魔導書を彼に渡した。

「それからは………まあ、色々あった。シロについて調べてその過程で魔術や魔導書、この世ならざる知識について知って………あいつを追ううちに教会とも関わるようになった」

そして今に至る。

「それも全部妹さんを取り戻すため？」

「………最初はな」

苦々しく司は答える。

「魔導書について知っていけば嫌でも妹が攫われた理由は想像がつく………あれから随分と

時間も経《た》ってるからな、さすがに生きているとは思ってないさ」

　さすがにそこまで司も馬鹿《ばか》じゃない…………希望に寄り縋《すが》って現実を理解しようとしないのは愚かだ。

「もちろん全部割り切れてるわけじゃないさ…………だからまあ、区切りが欲しいとは思ってる。妹がどうなったか知って、もしも魔導書の材料にされてしまったのならその魔導書を回収したい。別物だとはわかっているが形見みたいなもんだからな」

「…………」

　そこまで司が言ったところで叶はちらりとシロを見る。シロは今の話にも特に反応は見せていない…………けれどその内心に確かな感情があることを叶は知っている。

「その後はどうするの？」

　だから叶は尋ねる。

「後って？」

「その、妹さんの確認が終わった後だよ」

　グレイからどうなったかを聞き出して、その形見も回収した後。その質問の意図を司も読み取ったらしくその視線をシロに向ける。

「別に、これまで通りこの世ならざる知識や魔導書の探索を続けるさ…………俺には色々と果たすべき責任があるからな」

シロのこともその一つだ。

「もちろん、叶…………お前のこともな」

「え⁉」

突然水を向けられて叶が驚き司を見る。

「お前は日常に戻りたいんだろ？　巻き込んだのはこっちだしな、きちんと責任取って戻してやるさ」

「え、うん…………それは嬉《うれ》しいけど」

責任を取るという言葉になんだか叶の頰《ほお》が熱くなる…………確かにそんなようなことを司は前にも言っていたけれど。

「でもよくわからないけど、その実験ってやつ？　それに多分私も関係あるんだよね？」

「…………あの言い方だとシロとはまた別のなんだろうけどな」

何か関わりがあるのは確定している。

「だったら司たちに巻き込まれなくても、関わってたかもしれないし」

司たちの関係ないところで、叶の前にグレイが現れていた可能性だってある。

「いや、それはわからん」

それに司は首を振る。

「俺は長い間あの野郎を追ってきたが遭遇できたのは今回が初めてだ…………多分、あいつは自分の行った実験とやらのことをいちいち覚えちゃいない。たまたま俺とシロが近くに来て思い出しただけで、そうでなかったら忘れたままだったんじゃないか？」

だから叶も司に関わりさえしなければ、そのまま一生関わらない可能性もあったはずだ。

「でも、思い出したかもしれない」

結局可能性はあると叶は思う。

「それなら私は今回のうちに司に巻き込まれてよかったと思うな」

もしも叶だけだったなら、抗《あらが》うことだってできないだろうから。

「…………そうか」

ふう、と司は息を吐く。

「なら何としても今回で決着をつけなくちゃな」

「うん」

肩をすくめる司に叶は笑みを浮かべて頷く。

「で、場所はわかってるのか？」

その空気に水を差すようにニアが口を挟む。

「あいつは知ってるはずの場所で待つって言ってたが…………その場所はわかってるのか？」

場所がわからなければ決着のつけようもない。

「いや、俺にはわからん」

それに司は首を振る。そんな心当たりがあればとっくの昔に向かっている。強《し》いて言うなら初めてグレイに遭遇した時に突き止めた根城くらいだが………ここからは随分と遠く離れ過ぎているし今もあるかわからない。

「それなら心当たりがありそうなのは一人だけだな」

ニアが叶に視線をやる。

「え、でも………私もわからないよ？」

困惑したように叶は言う。

「そもそもあのグレイって人だって初めて会ったんだし………」

正直実験とやらに心当たりも全くないのだ。

「叶はそのことを忘れているのではないでしょうか」

そこにシロが口を開いて叶を見据える。

「忘れてるって………」

「叶、ここ最近の記憶は明瞭ですか？」

そんなことはないと言おうとした叶に、シロはそれを遮《さえぎ》った。

「そんなこと急に言われても……」

「シロ、何が言いたい？」

戸惑う叶に助け舟を出すように司がシロへと尋ねる。

「ニーサマ、魔導書を渡された人間はその際の記憶が不明瞭です」

「そうだな」

その記憶は教会による容赦ない尋問であっても蘇《よみがえ》ることはない。

「叶も同じようにその際の記憶をなくしてしまっているのではないでしょうか?」

「……ああ」

叶は魔導書を所有していないから考えが至らなかったが、グレイと遭遇していたと仮定するならその際の記憶を消された可能性は確かにある。

「叶、何か思い出せないことはないか?」

改めて今度は司が尋ねる。

「思い出せないことって言っても、ここ数日のことを除いたら毎日学校に行ってるだけでその間の記憶なんて曖昧《あいまい》だもん」

特に代わり映えのしない毎日だから記憶もすぐに埋没する。だからこそ退屈で刺激が欲しいなんて雲雀《ひばり》に愚痴っていたのだ……そんな記憶の中で思い出せないものなんてどうすれば判別できるのだろうか。

「別に一日中学校にいるわけじゃないだろ?」

「それはそうだけど……私は部活にも入ってないから放課後は家に帰って朝まで過ごすだけだし」

趣味のオカルト関係の本を読んだり、ネットで調べたりはするが目新しい発見がそうそうあるわけでもない。結局は平凡な毎日の中ですぐに思い出せなくなるような記憶だ。

「なら休日は？」

「休日も雲雀と買い物とかオカルト探索とかに出かけたりするくらいだよ」

それこそ楽しいことなのだから逆にしっかりと覚えている事柄だ。

「先週だって……あれ先週は雲雀は来られなかったんだっけ？」

そんな話を雲雀とした記憶がある。

「雲雀が来られなかったから一人で行って……」

「どこに？」

「どこって郊外の墓地に……夜中に地面から幽霊の声が聞こえるって噂話《うわさ》があってそれで行ってみようと思って」

「行ったのか？」

「でも夜は危ないから昼間に……行った、はず」

「はず？」

か細くなった語尾を司は強調して繰り返す。

「行った、確かに墓地に行ったはずで……その確信はあるの」

「だけどその間の記憶はない？」

「……そうみたい」

愕然《がくぜん》とした表情で叶は頷く。

「墓地っていうとあの赤井《あかい》って司書も墓参りに行ったたって言ってたな」

それを聞いてニアが思い出したように言う。

「赤井がそこでグレイから魔導書を受け取ったなら……そこで叶もグレイに遭遇した可能性はある」

そして赤井と同じように記憶を消された。

「なら、とりあえずその墓地に行くか」

確証はまだない。しかし確認する価値はある。すぐに司は席を立つ。

「おい、まさか今から行くつもりか？」

驚いたようにニアが司を見る。

「早いほうがいいからな」

グレイは待つとは言っていたが、いつまで待つかは約束していない。それに相手はまともな精神をしている相手ではない。待つと決めたことも忘れてどこかへ行ってしまう可能性も皆無ではないだろう……行くならできるだけ早いほうがいい。

「ち、なら三十分待て……装備を調える」

「言っとくがニアも含めて焚書官を連れてくつもりはないぞ」

「あ？」

司の発言にニアは彼を睨《にら》みつけるが彼は怯《ひる》まず続ける。

「あいつはお前を見てここは実験に相応《ふさわ》しくないと口にしたんだ。つまりは焚書官たちを実験に余計な要素だと判断したんだよ」

だとしたら彼らを連れて行けばグレイは現れない可能性もある。

「だからお前たちだけでやるって？」

「そうするしかないだろ」

司は答える。

「…………消耗してるんじゃねえのか？」

魔術の燃料は生命力だ。それが失われれば人間は弱る。魔導書の所有者は常人よりも多くの生命力を保有しているが、今日はすでにあの黒い粘液と一戦交えているし…………司は魔術の直接行使まで行っている。

「問題ない」

けれど司は一言で返す。

「叶も別に疲れてはないだろ？」

「え、うん…………私は見てただけだから」

水を向けられて慌《あわ》てて叶は頷く。

「シロも問題ありません」

「わかってる」

頷いてシロの頭を司は軽く撫《な》でる。

「…………好きにしやがれ」

諦《あきら》めたようにニアは吐き捨てる。

「だが制限付きだ。私らが出張れば逃げられる可能性があるなら仕方がないがそれでも待機はしておく…………ある程度時間が経っても連絡がなかったらすぐに踏み込むからな」

「それでいい」

ニアは司に頷く。

「それと、だ」

けれどニアは続ける。

「お前には話がある」


そう言ってニアは叶を見た。

司とシロが出て行った応接室に叶はニアと二人で残された………なんだか覚えのあるシチュエーションだ。その場では内容を語らずすぐに済む話だとニアは司たちを追い出していたが一体何だろうかと叶は考える………最初に会った時と違って今は叶に対してもニアは乱暴な口調だったし。

「楽にしてくれて大丈夫ですよ？」

そんなことを考えていたら丁寧な声でニアは話しかけてくる。

「え、えっと………はい」

そのことに驚いて叶はむしろ体を硬くした。

「本当に緊張しなくていいんですよ？　別にあなたに害のあるような話ではありませんから」

その表情も穏やかな顔に戻っていて、先ほどまでとのギャップが大きい。

「その、聞いてもいいですか？」

「なんでしょう？」

「なんで私相手にはその………キャラを作るんですか？」

司に対してはあんなに乱暴な口調なのに。

「ああ、それは逆ですよ」

「………逆？」

「キャラを作ってるのはあの人に対してだけですから………こっちが素です」

「え…………え？」

思わず叶はニアを二度見する。

「本当ですよ？」

そんな叶におかしそうにニアは笑みを浮かべる。

「あの、なんで…………？」

叶は尋ねる。まだ信じられない気持ちでいっぱいだ…………なにせ自分が見た限りでは荒っぽい顔の方が割合が多い。叶に対してだけ猫を被《かぶ》っていると考えたほうが自然だ。

「あの人は化け物で、本来なら教会の敵です…………でも、素の私だとそういう風に接することができませんから」

寂《さび》しげな表情でニアはそんなことを言った。

「化け物…………司が？」

化け物、確かに最初ニアが現れた時に彼女はこちらに対してそう口にした…………それはてっきり魔導書でシロのことを指しているのだと思っていた。けれど今の彼女の口ぶりからするにそれは司のことを指しているようだった。

「ええ、あの人は化け物です」

自分にも言い聞かせるようにニアは言う。

「そんな風には、見えないですけど」

叶には普通の人間のようにしか見えない。

「私があの人に最初に会ったのは子供の頃《ころ》…………教会の運営する施設に彼が司祭様に連れられて訪問して来た時のことです。それからあの人は何度も施設を訪れて、その度にお土産にお菓子をくれたりみんなと日暮れまで遊んでくれたり…………私を含めて施設の子供たちは皆彼を慕っていました」

その時のことを思い出すようにニアは目を細める。それは間違いなく彼女にとっては良い思い出だった…………だからこそ終わらせなくてはならないことがある。

「それって…………いつのことなんですか？」

叶は尋ねる。それこそが今の話の本質であろうから。

「十五年前です…………その時から、あの人はあのまま変わっていません」

「…………」

司の外見は叶と変わらないくらいだ。実年齢より多少若く見えることがあっても、外見的に二十歳を超えているようには見えない…………しかし十五年前に今の外見のままの司にニアは会っているのだという。

つまり司の年齢は三十歳を超えている…………下手をすれば、それ以上。司はグレイを長い間追っていたと言っていたが、その長いとはどれくらいの期間を指すのだろうか？

「あの人は悪人ではないしあなたを裏切るようなこともしないでしょう…………でも、彼はそういう存在なのだとあなたに伝えておくべきだとも思いました。聖女の庇護《ひご》があっても教会内で彼を敵視する人は多い………むしろそれが主流です。彼らはそれを正当化する機会があれば喜んであの人の命を奪うでしょう」

そしてその時、叶も巻き込まれる可能性はある。

「それはニアさんも、ですか？」

「私は………あの人は、もう休んでいいと思っています」

「………」

その休むの意味がなんであるか、叶は聞かなかった。

「話はそれだけです………本当は色々聞かなきゃいけないこともあったんですけどね」

ニアが苦笑する。そういえば叶が教会に連れてこられた理由は自分が無関係な一般人であることを証明するためだった………もっとも無関係ではなかったようだし、そんな話をしている余裕も今はない。

「また、今度話してくれませんか？」

「ええ、あなたがよろしければ」

叶の言葉にニアは頷く。

「あなたに神の祝福がありますように」

最後にニアはそう祈った……これから叶に起こる試練に、少しでも助けがあるように。


「お待たせ！」

ニアに送られて教会の外に出ると司とシロが敷地の外で待っていた。先ほどの話を思い出して司の顔を見るが、やっぱりそんな歳《とし》であるようには見えない。

「まあ、大して待ってない」

「はい、時間にして十分程度です」

司の言葉にシロも頷く。

「で、だ。その郊外の墓地ってのはここからだと電車が一番早いか？」

地元民の叶に尋ねる。タクシーを拾う手もあるがそれにかかる時間を考えるとさっさと移動した方がよさそうな気もする。

「あ、これ使ってって渡されたよ」

思い出したように叶は何かの鍵《かぎ》を取り出した。

「近くの駐車場に止めてあるから好きに使えって」

「そりゃありがたい」

叶の差し出した車の鍵を司は受け取る。

「でも運転できるの？」

「もちろん」

司は頷く。

「免許は持ってないけどな」

あまり嬉しくない言葉とともに。


しかし司の言葉とは裏腹に車はスムーズに道路を走っていた。急いでいるから速度は出しているが無謀な運転ではないし衆目を集めるような荒さもない。車間もちゃんと取って信号も止まるから乗っていて叶はヒヤッとする場面はなかった。

「ちゃんと運転できるじゃない」

後部座席から叶が声を掛ける。

「できるって言っただろうが」

視線を前方から逸《そ》らさずに司が応じる。

「免許を取ってないだけで運転経験は豊富だぞ?」

「その免許がないってのが不安だったんだもん」

運転免許はこの人は安全な運転ができますよという証明なのだから。

「運転できるなら取ればいいのに」

「取ろうにも俺には戸籍がないからな」

さらりと司は答える。

「………それってものすごい大事なものじゃないの?」

「まともに生活しないならなくてもどうとでもなる………なあシロ?」

「はい、ニーサマ。そんなものがなくても困らないとシロも思います」

助手席でおとなしくしていたシロが頷く。

「………そう」

司は見た目通りの年齢でないとニアは言っていた。多分そのあたりが関係してるのだろう。

シロはそもそも魔導書だから元々戸籍なんて持っているはずもない。

「あ、そういえばちょっとお願いがあるの」

思い出したように叶が話題を変える。

「何だよ」

「私に魔術を教えてよ」

「………なんで今更話題が最初に戻るんだよ」

魔術の危険性については出会った当初に説明したはずだ。

「興味本位で覚えるようなものじゃないってことは説明しただろ」

「そんなのわかってるもん」

叶だってそんな馬鹿じゃない。

「本当か？」

「本当、だよ」

「…………」

「………それは少しは私も魔術を使ってみたいとかそんな気持ちはあるよ」

無言の威圧に負けて叶は本音を漏《も》らす。

「でも、自衛の手段が欲しいっていうのが大きいの！」

「建前《たてまえ》ではなく？」

「………そこまで疑わなくてもいいのに」

「だってお前誰も見てないところでこっそり魔術の練習とかしてそうだしな」

「なんで知ってるの⁉」

風呂《ふろ》場の一件を思い出し反射的に叶はそう叫んでしまった。

「あ」

「冗談のつもりだったんだがな」

呆《あき》れるように司が呟く。

「中二病もほどほどにしとけよ？」

「中二病じゃないからっ⁉」

実在を知れば誰だって試したくなるはずだ。

「…………それで教えてくれないの？」

「今の流れでよくそれが聞けるな」

脆《もろ》さの割の芯《しん》の太さにむしろ司は感心する。

「自衛のためだとしても魔術なんか覚えるもんじゃねえよ」

「…………司は使ってるじゃない。あの変な剣みたいなのとか」

玩具《おもちゃ》みたいな剣がしっかりと使えたり、炎を纏ったりなんて魔術のはずだ。

「確かにあれも魔術だけど極限までその影響を抑えるように作られた道具なんだよ」

呪文《じゅもん》を指でなぞることによって詠唱とし、その触感を媒介として魔術を発動する。さらに刻んである呪文の上に意味をなさない別の模様を大量に刻むことでその理解を阻害し、その代償をできる限り減らしてある…………もちろんその分威力は大きく損なわれるが、それでも頭痛程度の代償で行使できる魔術としては充分なものだ。

「…………じゃあ、それちょうだい」

「あのな、あれはかなりの貴重品で現存する数も少ないんだぞ」

しかも先ほど一本が壊されたばかりで、代わりに用意した予備が壊れたら司の手持ちもなくなってしまう。

「大体お前は剣を振って戦えるのか？」

「……………無理だけど」

運動神経はそれなりにあると思うが叶に剣術の心得はない。

「ならおとなしくしてろ…………俺とシロでちゃんと守ってやるから」

「はい、シロがちゃんと叶を守ります」

横からシロも口を開いて叶に振り向く。

「叶には大事なことを教わりましたから…………そのお礼はするべきだとシロは思います」

無表情に淡々と、けれどその瞳《ひとみ》は真《ま》っ直《す》ぐに叶に向けられていた。

「あー、それで思い出した」

司が呟く。

「叶、お前シロに余計なこと吹き込まなかったか？」

「…………ソンナコトナイデスヨ」

「言っておくがシロの記憶を俺は直接見てるからな」

「………」

「ニーサマ、余計なこととは具体的にどのようなことですか?」

「え、いやそれは」

思わぬ横入りに司が言葉に詰まる。具体的に答えて再確認されるのも困る。

「ニーサマ、教えてください」

「あーいや、それはだな……」

淡々とシロに迫られしどろもどろになる司の後ろで叶が難を逃れてほっと息を吐く。

少し騒がしく車が進む……その先に待つものが何であれ、今は少し楽しく。


墓地に着いたのはちょうど辺りが夕日に染まり始める頃だった。郊外のその墓地はかなり敷地が広く、豊かな緑も広がっている。平日ということもあり人気《ひとけ》のないその墓地は今はその全てをオレンジ色に染め上げて、まるで現実と乖離《かいり》したような雰囲気を醸《かも》し出《だ》している。

「着いた、けど」

その光景を眺めて叶は口を開く。

「このどこにいるんだろ」

とりあえず見当たる範囲に人の姿はない。敷地が広いからか墓石の間隔は結構空いているが死角も結構ある。墓地を囲むように広がっている林も季節柄か葉が濃くて、遠目ではその中まで見通すことはできそうもない。

「お前の聞いた噂話には詳しい場所はなかったのか？」

「あ、うん……まだそんなに広がってない話だし」

叶もオカルト系の掲示板でたまたまそんな書き込みを見た程度だ。それもあそこでこんなことがあった程度のことで、状況とか場所まで詳しくは書き込まれていなかった。

「あっちの建物とかは？」

管理用のものだろうか、遠目に見える建物に叶は視線を向ける。待つ、というのなら何か建物とかじゃないかと叶は思う……墓地はそもそもそんなに長く滞在するようには作られていないものだ。あてもなく探すよりはまず建物を調べたほうがいいのではないだろうか。

「噂話の出どころは墓地だろ、寺じゃない」

墓地を管理している場所ではあるが、分けて考えるべきだろう。

「それはそうだけど」

「内容は地面から幽霊の声が聞こえる、だったな」

「うん」

「それは男か女か？」

「えっと………」

叶は思い出すように首を捻《ひね》る。

確か女の悲鳴が聞こえて、それが幽霊の声じゃないかって話だったはずだ。

「女、だったと思う」

「赤井は魔導書をここで手に入れた」

司は墓地を見回す。

「その魔導書自体もここで作られてたとしたら？」

グレイは魔導書を一般人に渡すためにこの場所に来たのではなく、ここで魔導書を作っていてたまたま来た赤井にそれを渡した。

「………じゃあ悲鳴はその材料にされた人の声？」

幽霊ではなく、今まさに殺されようとしていた人間の悲鳴。

「でもここに地下室なんてないよ？」

地面から聞こえていたというのだから場所は地下のはずだ。しかし見渡す限りは墓石が並んでいるだけで地下に入るような入り口も見当たらない………それよりは納骨室に人が閉じ込められていたとか考えたほうが筋は立つのではないだろうか。

「シロ」

司はそれに答えずシロを呼ぶ。相手はあのグレイ………叡智の書の総帥にして魔導書の製造者なのだ。あの底の知れない魔術を使って、普通ではありえないようなことを行っていても不思議ではない。

「この辺りの地下に空間があるかどうかを調べてくれ」

「はい、ニーサマ」

シロが頷いて司の裾から手を離し、一歩距離を取って周囲へ視線を向ける。

「波の観測の記述による魔術を実行」

言葉とともにその体が蒼《あお》く燐光《りんこう》し、その光はシロの足元へと伝わってそこから波紋のように周囲へと広がった……それは瞬《また》く間に墓地全体へと広がって行って見えなくなり、けれどそれが得た情報は確かにシロの元へと戻って来る。

「地下に空間を検知しました」

しばらくしてシロがそう告げる。

「そうか」

やはり地下はあるらしい。

「位置はわかるか？」

「はい、ニーサマ。あちらの方です」

墓地の中心の方をシロは指さす。

「え、でも何もないわよ？」

叶が見ても同じように墓石が並んでいるようにしか見えない。とても地下に入るような入り口があるようには見えなかった。

「ま、行ってみればわかるさ」

悩むより行動だ。


「なんか、見覚え……あるかも」

シロが示した場所に近づいていくと、叶が不意にそう呟きながら周囲を見回す。ふらふらと何かに導かれるようにその足が動き……そして一つの墓石の前で動きを止めた。白川家の墓。見た目は何の変哲もない墓石だが、最近掃除されたのか随分と綺麗《きれい》に見える。

「ここ、か?」

「……わかんない」

叶は首を振る。なぜ自分がここに止まったのか自分でもわからない……ただ焦燥感のようなものがある。ここから離れないといけない、そんな感覚が急に湧《わ》いてきていた。

「シロ、地下の空間はこの下か?」

「はい、ニーサマ。位置としてはその先端の辺りです」

「なるほどな」

納得したように司は呟く。

「一応確認するが知り合いの墓だったりするか？」

「ううん」

叶は首を振る。そんな名前の知り合いはいなかったはずだ。

「ならちょっと親族には申し訳ないが」

言いながら司は墓石へとずかずかと近づく。そして確認するように墓石に手をやる。何の変哲もないひんやりとした石の感触…………軽く押してみると何か動くような感触。

「ん」

その感触を確認するようにもう一押し。

「シロ、ちょっと来てくれ」

「はい、ニーサマ」

呼ぶと即座にシロも墓石へと寄って来る。

「この墓石を土台の方からちょっと押してみてくれるか？」

「はい、ニーサマ。全力で押します」

「…………ほどほどにな」

司がやんわりと告げると同時にシロが墓石を押す………と、すぐさま変化は現れた。墓石は土台ごと滑るように動いていく。

「こりゃまたいかにもだな」

呆れるように司は墓石の下から現れた階段を見やる。階段は地下へと続いていて奥はすぐに暗闇《くらやみ》が広がっていた。普通に考えれば馬鹿馬鹿《ばかばか》しいが、これがグレイの待つ場所へと続くものと考えて間違いないだろう。なにせ相手はまともな思考の持ち主ではない。ここに入り口があるのが重要であってその存在の意味を考えても仕方ない。

「そこに入る、の？」

じっとその暗闇を見つめながら叶が尋ねる。

「そのために来たからな」

司の返答に迷いはない。

「怖いなら待ってるか？」

叶の表情を見て司が言う。気が付けばその顔はひどく青ざめている。

「怖い………うん、怖い」

気が付けば手も足も震えている………その感覚に叶は覚えがあった。赤井に追い詰められて死を意識した時と同じ震え。それはきっと死に対する恐怖なのだろう。

「だけどなんで怖いのかわからない………それを確かめたいと、思う」

何度思い返しても自分がそれほど死に恐怖を覚えるのかわからない…………まるで本能と理性が乖離してしまったように体の震えを止めることができない。その理由を確かめられないままでいるのはもっと怖い。

「…………じゃあ、行くか」

司は叶を促して、自身も階段に足を向ける。

「シロ、明かりを」

「はい、ニーサマ」

頷いてシロが何か呟くとわずかにその体が白い光を放ち、掌《てのひら》から生まれた光の玉が暗い階段の奥へと漂って道を照らす。

そして三人はゆっくりと階段を下り始めた。

階段はそれほど長くなかった。底が見えるのに数分とかからない。震えのせいか足元がおぼつかない様子の叶をシロが支え、ゆっくりと下りた先に急に明かりが見えた。階段が途切れた先には出口らしき四角い穴、その先から明かりが漏れているようだった。

そこは地下とは思えないくらい広々とした空間だった。照明らしきものはないが壁が発光しているらしく隅々まで見通せる。サッカーは無理だろうがフットサルくらいならできるであろう何もない空間…………そう、何もない。ただ広いだけで何も置かれてはいない。生活感もその用途が想像できるものもそこには一切《いっさい》なかった。

しかしその事実は司たちの目的には何の関係もない…………その目的である相手はちゃんとそこにいたのだから。そのただ無駄に広い空間のその真ん中。そこにぽつりと何をするでもなくその男は立っていた。

「待っていた。うん、待っていたよ」

司たちに気づいてグレイは口を開く。

「実験だ。そう、これで実験ができる」

「…………その前に一つ質問に答える約束だろう」

司がグレイを睨みつける。

「そう、そうだった。いいよ、答えよう」

すんなりとグレイはそれを承諾する。

「…………」

しかしそれに司はすぐに質問を口にしなかった。質問は一つ。それに答えればすぐさまグレイは実験とやらを開始するだろう。そうなれば次の機会はいつになるかわからない…………なにせ長く追って来てグレイと遭遇できたのは今回が初めてなのだ。

「妹さんのこと、聞かないの？」

叶が司に声を掛ける。そんな叶の表情は先ほどと変わらず血の気が引いている…………いや
表で見た時よりもさらにひどい。

「ニーサマ」

「わかってる」

妹のことは知りたい。けれど、それよりも優先しなくてはならないことがあるのを司も理解
している…………今この場で、助けが必要な人間が誰なのかを。

「お前は…………叶に何をした？」

だから司はグレイにそう尋ねる。

「司？」

驚いて叶は司を見るが彼はグレイから視線を外さなかった。

「それが質問なのかな？」

「そうだ」

奥歯を強く嚙《か》みながら、それでも司は頷く。

「んー、んーん？」

それにグレイはぐりぐりと、まるで悩むように首を捻る。

「それに意味はないよ？」

斜めの顔で司に言う。

「いいから答えろ」

今更それを変える気はない。

「わかった、いいよ……うん、答えよう」

グレイは頷く。しかし次に紡《つむ》いだのは答えではなく別の言葉。

「蒼空叶、禁じられていた記憶領域の認識を許可する」

そう、告げた。

「あ、ああ！」

悲鳴、直後に叶が悲鳴を上げた。流れ込むように蘇る記憶。それに付随する感情。生々しく感じられるそれに叶は絶叫する。

「叶、大丈夫ですか？」

うずくまるようにしゃがみこんだ叶へ、シロが声を掛ける。

「何をした？」

横目で叶を気遣いながら、司はグレイを見る。

「うん？　許可しただけだよ？　実験に不必要だった記憶を認識できるようにしただけ、それだけだよ？」

　それはつまりグレイと叶が会ってなにかされた時の記憶なのだろう。

「叶、何を思い出した？」

「いや、いや、いやいやいやいやいやいやっ！」

　尋ねる司にぐずるように叶は激しく頭を振る。

「なんでっ⁉　なんでなのっ⁉」

　半ば錯乱して叶は叫ぶ。

「なんで私が死んでる記憶があるのっ⁉」

　絶叫。その言葉に場の空気が止まる。司も叶に掛けるべき言葉が浮かばなかった。その意味を呑《の》み込《こ》むのに少しの時間が必要だったからだ。

「それは、蒼空叶という人間が死んでいるからだよ？」

　ただ一人、グレイだけが止まることなく言葉を紡ぐ。

「蒼空叶という人間を材料に、蒼空叶という人間の記憶と人格を再現した魔導書………それが君だ、君なんだよ？」

当たり前のように淡々とグレイはだれも望んでいない事実を口にする。

「嘘《うそ》」

「嘘じゃないよ？　君は蒼空叶の魔導書だ」

愕然とする自分を見る叶に、グレイは告げる。

「だから蒼空叶が死ぬ瞬間の記憶もちゃんとあるだろう？」

叶が本人であればそんな記憶はない……なぜならそこで死んでいるのだから。しかしその記憶と人格を再現された存在であれば違う……ご丁寧に自分の元となった人間の死の記憶まで再現するなんて悪趣味以外の何物でもないが。

「違う、違う、違う違う違う違う違うっ！」

叶は首を振る……けれどその体は正直だ。文字通りに死を実感として刻み込まれていた本能は記憶を封じられていてもその恐怖を忘れてはいなかった。だからこそ死を意識させられただけで彼女の体は抑えきれないほどに震えて怯《おび》えたのだから。

「私は死んでなんかないっ！」

それでも、その全てを否定するように叶は絶叫する。

「うん、だから君は死んでないよ？」

グレイはそんな叶に首を傾《かし》げる。死んだのは蒼空叶という人間で、ここにいるのは蒼空叶の魔導書だ………なぜそれを理解できないのかと。

「まあいいや………これで答えになった、かな?」

もとよりグレイにとって叶がどう理解しようとどうでもいい。彼が質問に答えるべきは司に対してのみなのだから。

「いや、まだだ」

それに司は首を振る。

「なにか足りない、かな?」

「素材となった人間の記憶と人格を再現した魔導書なんて………なんでそんな意味のないものを作った」

そう、司の考える限りはそれは悪趣味であること以外何の意味もない。魔導書に人間と同じ人格を再現しても何の意味もない。なぜならその人格が魔術を使えば、結局普通の人間と同じように少しずつこの世界の法則から外れて精神が壊れていく。それを防ぐために普通の魔導書はあえて自我が希薄な人格で作られているのだ。

結局のところ蒼空叶という魔導書は魔導書でありながらその役割を果たせない。普通の人間とまるで変わりない。

「意味?　意味はある………実験だ。そう、実験だよ」

ぶれることのない言葉と口調で、グレイはそれに答える。

「実験とは積み重ねだ。できることとできないこと、何が起こるかわからないことを実験によって確認していく。そうして積みあがった結果の中から、その結果を組み合わせて、その結果から発想が生まれて発展していく…………そう、神に至るその知識まで」

神、全てのこの世ならざる知識の根源たる存在。それに近づくのがグレイの目的。ただそれだけを目的として彼は実験を繰り返す。

「そのために、お前は蒼空叶という人間を犠牲にしたのか？」

「そう、その通りだよ。確認。そう、確認のための実験だ…………人間を完全に再現した魔導書を作ることができるか。その魔導書に魔術の知識を大量に記してもその人格に影響を与えないようにはできるか？　そんな確認のための実験だよ？」

蒼空叶の魔導書にどれだけ魔術の知識を記してもそれを彼女は使えない。それはつまり人格とその知識を完全に分けてしまうということだろうから…………だからやはりそれには何の意味もない。意味のないことを確認するための実験。それでいて少女を一人犠牲にしなくてはならないという残酷な実験。

「よくわかった」

司は完全に理解した…………目の前のグレイという存在を。

「お前はこの世に息をしていてはいけない部類の存在だ」

懐《ふところ》から剣の柄《つか》を取り出してその刀身を伸ばし、硬化の魔術を発動する。理性は無理だと告げている。目の前のグレイという存在はあまりにもこちらとはかけ離れている。恐らくはまだ本気ですらないその力の片鱗《へんりん》だけでも司は対抗する方法すら浮かばない…………けれど、だから言って何もしないままでいられるはずもない。

やれるだけのことをやらないと…………叶への責任は果たせない。

「困る、それは困る。もう私は息ができないと生きていられない。生きていないと実験ができない…………そう、実験だ。実験をしよう。それの機能テストの実験だ。君たちの実験の経過も確認できる。一石二鳥だね、うん、素晴らしい実験だ」

グレイのその視線が、司から外れて再び叶へと向けられる。未《いま》だ彼女はうずくまり。心配するようにシロがその傍《かたわ》らに立っていた。

「機能テスト、だと？」

その視線を遮るように司は立ち位置を変える。

「そう、機能テストだよ？」

けれどグレイは変わらずに、司の向こうをその目で見ている。

「蒼空叶、来い」

そして告げる。

「あ、なん………で⁉」

叶が立ち上がる。その表情とは裏腹に。自身の行動を自分自身が信じられないように。

「叶、駄目です」

グレイの方へと歩き出す叶の腕をシロが掴《つか》む………けれどその体が引っ張られてたたらを踏む。魔導書であり常人以上の膂力《りょりょく》を持つシロ、けれどその彼女を上回る力で叶はその足を進めていた。

「駄目、です」

「わかってるけど⁉」

それでもなお彼女を引き留めようとするシロに叶が困惑して叫ぶ。

「まあ、いい………まあいいか」

そんな二人をグレイは無機質な目で見つめる。予定通りではないが実験そのものには影響がない。手順を少し変えるだけ。目の前の光景は彼にとってその程度のもの。問題がないと判断できれば淡々と実験を開始するのみ。


「裏返れ」

そしてその声が告げる………その瞬間、叶のその意識は暗転した。その顔から今まであった怯えは消え去り、すっと無表情になる。その表情には見覚えがある。氷雪《ひょうせつ》もミコトも皆その感情のない表情を浮かべていた。

「叶！」

「………………」

呼びかける司の声にも叶は一切反応しない。

怒声とともに司が睨みつけようとするとすでにその姿は消えていた。それは唐突でこちらに声を掛けることすらない…………実験を開始した以上グレイにはこの場に留まる理由がなく、いちいち司に断る必要だってないのだから。

「グレイてめ…………⁉」

「ぐ、あの野郎」

「状況を確認」

行き場のなくなった憤《いきどお》りで震える司に、淡々とした叶の声が聞こえる。

「記述された手順に従い行動を開始します」

呟き、ぐるりと自身の腕を掴むシロに顔を向ける。

「叶」

「………………」

互いに無表情。自身を呼ぶ声には答えず、叶は無言で掴まれたその腕を大きく振る。咄嗟《とっさ》のことにシロは踏ん張れずに体ごと宙へと振り飛ばされた…………その先には司の姿。

「っ⁉」

飛んできたシロを咄嗟に司は受け止めるが、勢いに耐えきれずに自身の体ごと跳ね飛ばされる…………そのまま少し宙を飛んですぐに地面の上へと落下して、慣性の働くままに滑って背中を擦《こす》った。

「すみません、ニーサマ」

「…………気にするな」

胸の上のシロの頭をポンと撫でて司は身を起こす。その間に移動したのか叶との距離がかなり離れてしまっているのが見えた。こちらを見るその視線には感情がない…………けれどわかる。あれはこちらを敵と判断して排除しようとする視線だ。

「…………ニーサマ」

「ああ」

駆け寄ってきたシロに司は不本意に呟く。

「やるしか、ないらしい」

その視線の先で、意思のない視線が二人を射抜いていた。

魔導書の強さというのはその中に記述された知識の緻密《ちみつ》さと分量……そこに所有者から供給される生命力によって決まる。媒介となる意思に関してはどの魔導書も共通して薄弱なのでその強さには影響を与えない……例外的にシロのような魔導書であればその意思によって若干の威力の向上はあるが。

そして司たちに対峙《たいじ》する叶の意志は希薄で、その強さはその体に記された魔術と、恐らくは所有者であろうグレイから供給される生命力によってのみ決定づけられる。何をするにもまず司たちは魔導書としての叶の強さを推し量る必要があった。

「無作為に選択された記述による魔術を行使」

言葉とともに叶のその体が蒼く強い光を放ち、その周囲に蒼色の炎が纏うように現れる。それはまるで生きた蛇のようにしばらく蠢《うごめ》いて……突如指向性を持ったように司たちに向けてその蒼炎《そうえん》の体軀《たいく》を伸ばす。

「シロっ!」

「はい、ニーサマ」

避《よ》けるよりも魔術による迎撃を司は選択した。あの動きを見るに恐らく避けたところで炎は司たちを追ってくる……それならば最初から防いで打ち消した方がいい。

「水壁の記述による魔術を実行」

言葉とともにシロの体が水色の燐光を放つ。そして蒼炎を遮るように司たちの前に水の壁が出現する。炎に対するは水という単純な選択。しかし強い圧力のかけられたその壁は炎どころか物理的な衝撃であっても遮って通さない。

蒼炎は水壁へと真っ直ぐに突っ込み……そして水壁を一瞬にして凍り付かせた。

「⁉」

視界が氷によって閉ざされて白に染まる。熱を与える炎ではなく、熱を奪うこの世界の法則に逆らう炎。けれど魔術においてはそれは不思議でも何でもない。だから魔術に対しては見た目通りに捉《とら》えず、予想を裏切る可能性を考えて動かなくてはならない……しかし司はその想定をこの瞬間は忘れてしまっていた。

「ちぃ」

即座に司は氷の壁へと剣を叩《たた》きつけてそれを砕く。最悪なことに氷の壁は視界だけではなく音すらも遮っている……咄嗟の対応のためにはシロの魔術で氷を割らせず司自身が割る必要があった。

「ニーサマ！」

開かれた視界にシロが叫ぶ。司の一撃で氷壁はまるで支えを失ったように一斉に砕けて落ちた……しかし氷がその視界いっぱいに埋まる。大岩のような巨大な氷の塊が、すでに眼前に迫っていたのだと理解するのは一瞬のことだった。

「お、お……ぁあっ！」

逡巡《しゅんじゅん》は刹那《せつな》、全力で司はその手の剣を氷塊へと叩きつける……圧倒的な質量差。手首が、腕が、全身が悲鳴を上げながらも氷塊が作る影に視界が暗く染まっていく。その体勢が崩れるよりも早く押し潰《つぶ》されるであろう一瞬……だが、踏みとどまったその一瞬だけ氷塊が止まる。

「粉砕の記述による魔術を実行」

そしてシロの声とともに氷塊が砕けちる。粉々に、砕かれたその一片一片がさらに砕かれていき全て小さな結晶となって舞い散る。

「大丈夫ですか、ニーサマ」

「……ああ」

全身が、特に手首がひどく痛むがまだ動く。魔導書の所有者としての長い生活。その間の幾たびもの魔術の直接行使。自分の体がとっくの昔にまともでなくなっていることは司も自覚している。けれど今はそのおかげで戦い続けることができるのだ。

「次が来るぞ」

視線の先には紫の雷光を輝かせる叶の姿。彼女がグレイから与えられた命令は司たちを殺すこと…………それが完了するまで彼女は機械的に二人を殺すために魔術を実行し続ける。

淡々と淡々と、けれど司たちを圧倒する魔術を。

この戦いはグレイにとっては実験だが司たちにとっては叶を助けることが目的だ。蒼空叶という少女の人格と記憶を再現した魔導書…………そうとは知らずに司たちとともに時間を過ごして情を育《はぐく》んだ少女。しかしそんな彼女が今は無表情に魔導書として司たちを殺そうと魔術を実行し続けている。

そんな彼女を止めて元に戻す。返す刀でグレイに一矢報いる…………それが理想だった。

しかし現実はそんなことを考える暇すら与えてくれない。魔導書である彼女はこちらを推し量ろうなんてしない。最初から淡々とその全力をもって魔術を実行する。そしてその力量差は最初の数手の間にすぐに理解できてしまっていた。

「無作為に選択された記述による魔術を行使」

「隔絶の記述による魔術を実行します」

叶の魔術によって現れた羽虫のような黒い雲海。それをシロが魔術によって周囲の空間を隔絶させることでその侵入を防ぐ………取り巻くように二人のいる周囲が雲海に呑まれて黒く染まった。隔絶の魔術が切れた瞬間にその雲海は二人を呑み込み………どうなるかは司にもわからない。

「ニーサマ、どうしますか?」

「焼き払え」

「はい」

頷き、隔絶の魔術を維持したままシロは次の魔術を行使する。

「炎波の記述による魔術を実行」

言葉とともにシロの体が紅く燐光を放ち、隔絶された空間の外に炎が現れる。それは二人を中心として波のように広がって黒い雲海をその赤へと呑み込んでいき………炎の消失とともに雲海も消えた。

「有効か」

「みたいです」

それを確認してシロは隔絶の魔術を解除し、周囲の音が戻ってくる。

「無作為に選択された記述による魔術を行使」

けれど合間なく叶が魔術を行使する声が響く。

「隔絶の記述による魔術を実行」

それに即座にシロは隔絶の魔術を再び使う。魔導書は人が直接唱えるのと違って魔術の行使に詠唱を必要としない。その代わりに必ず決まった文言を口にする。そこからどんな魔術を使ったのかはある程度判断できるのだ………けれど叶にはそれがない。文言の通りに捉えるなら彼女は自身に記された魔術を無作為に行使している………恐らくは、彼女自身もどんな魔術が発動するかはわかっていないはずだ。

発動する魔術が間のあるものであれば対処もできる………しかし先ほどはその発動と同時に毒霧のようなものが地下空間を埋め尽くした。それが即死するような毒でなかったから何とかなったが、即死するようなものであったらそれで死んでいただろう。だから様子を見る余裕が今は全くない。相手の魔術に合わせて自身の使える最大の防御魔術を使うしかないのだ。

「ニーサマ、じり貧です」

「わかってる」

隔絶された空間の周囲の地面が何もないのに圧《お》し潰されて罅《ひび》が広がっていく。それはまるで足跡のようで、見えない巨人でも出たのかと思える………魔術で防御しなければそれだけでぐちゃぐちゃに潰れていたかもしれない。

防御して、対応して………今司たちができているのはそれだけだ。普通なら叶を元に戻す方法がわからず彼女を殺すしかない、でもできない………そんな葛藤があるような状況なのかもしれないが、まずその段階にまでいけない。生き延びるのが精いっぱいだ。

「叶の使う魔術はシロのものより明らかに上です」

「しかも一向に燃料切れの気配もないな」

あれだけ強力な魔術を使い続ければ普通は燃料である生命力が枯渇《こかつ》する。しかし叶に生命力を供給しているであろうグレイは底が見えない存在だ。このまま耐え続けて燃料切れを狙《ねら》うという戦術は現実的とは言えないだろう……なにせこちらの方は限界が見えている。隔絶の魔術は強力な防御であるが故《ゆえ》に消耗の激しい魔術だ。このまま今の状態が続けば守っているだけでこちらは力尽きる。

「その前に何か打開策を見つけないとな」

例えば、司の切り札である魔術の直接行使。

「……ニーサマ」

「わかってるよ」

しかしその切り札は今切るには相応しくない……と、いうかそれすらも通じるかわからない。やるなら全力でやるしかないが、通じたら通じたでそれは叶を殺してしまうということでもある。それに通じなかった場合廃人となった司にシロが記憶の上書き、そこから現状把握と殺されるには充分な隙《すき》が生じる。

「けどこのままじゃ近づくことすらままならない」

手が足りない。シロは叶の魔術を防ぐのに集中しなければすぐにやられる。しかし司の手の剣では話にもならない……それならば許容できる範囲で魔術を使うならどうか。強力な魔術であれば精神崩壊してしまうが、レベルを抑えれば何度かは使える。もちろん代償は大きいだろうが戦闘が終わった後にシロに上書きしてもらえばいい。

しかしその場合の問題は司がシロを読まなくてはいけないということだ。司の中に魔術の知識は一切ない。だから魔術を使うならシロを読む必要があり……必然その間シロは魔術を使うことはできない。つまりは手が足りないという現状を解決できない。

「ニーサマ。増やせば、どうですか？」

手詰まりの司の思考にシロが口を開く。

「うん？」

「手が足りないなら増やせばいいのだとシロは思います」

「増やすって……ああ」

シロの言わんとすることはすぐ司にもわかった。

「でも増やしたところで維持が……できるな」

司一人では足りない……しかし視界の先には叶の姿がある。これもタイミングというか運命というか……順番が逆だったら詰んでいたかもしれない。

「なら、問題はあと一つだな」

「はい、ニーサマ」

状況を打開する可能性は見つけた。後は最大にして最優先の問題…………叶をどうすれば助けられるかを見つけるだけだ。

「なにか案はあるか？」

「ありません、ニーサマ」

「だよな、俺にもわからん」

即答された否定に司も同意する。なにせ叶のような魔導書と出会ったのは初めてのことだ。どうすれば元に戻せるかなんて知らないし、機能停止を狙うにしても狙うべき所有者はどこかに消えてしまっている。

「まあ、しかし」

だからこそ司はするべきことがわかっていた。

「わからないなら読めばいい」

「はい、ニーサマ」

全部そこに書いてあるはずなのだから。

「と、いうわけでだ」

隔絶された空間の外で吹き荒れていた吹雪《ふぶき》のようなものが途切れる。

「やるぞ」

「はい、ニーサマ」

その瞬間を見計らってシロは隔絶の魔術を解除する。

そして叶が次の魔術を放つ前に、初めて彼女から魔術を実行した。

黒鳥《くろどり》司は魔導書の所有者だ。普段連れ歩いているのは白紙の魔導書であるシロだけだが、所蔵している魔導書の数はとうの昔に一桁《けた》を超えてその半ばも過ぎている……その全てが今まで司が魔導書の所有者たちと相対し回収してきた魔導書。

そしてそれらの魔導書の全てを司は穏健派に研究の協力という名目で預けている。その理由はいくつかあるがその最たるが魔導書を維持するための生命力の供給だ。魔導書はその所有者から生命力を供給されなければ活動できないし魔術も使えない。しかしそれはいうなれば所有者が二人分の生命力を常に消費しているようなものだ。そこに加えて魔術を使えば消費はさらに加速する。

だから魔導書は所有できても大抵一冊。それを超える数を所有すれば供給する生命力だけで所有者は衰弱しかねない。故に司は連れ歩く魔導書をシロだけに絞り、他の魔導書は穏健派に預けて必要な時以外は休眠状態になるように命令している。けれど司は彼女らの所有者であることには変わりはない……いつでも、司が命じればすぐに従う。

「召喚の記述による魔術を実行」

言葉とともにシロの体が黒い燐光を放つ。

しかしその直後に叶もこちらへと向けて次の魔術を行使する。

「無作為に選択された記述による魔術を行使」

その体が紅く強い光を放ち、周囲の空間すらも赤く歪《ゆが》んでいく。それと同時に伝わってくる異常なまでの熱。床も天井《てんじょう》も壁も溶かすような異常な熱が色を持って叶から広がっていく。

「第十章、寒波の記述による魔術を行使します」

それに対抗する魔術を唱えたのはシロではなかった。いつの間にか彼女の近くに現れていた一冊の魔導書……かつて悍《おぞ》ましい実験を行っていた所有者から氷雪と呼ばれていたメイド服の魔導書。彼女が自身に記述された魔術を行使し、迫りくる熱を中和する。

しかしそれはその圧倒的な熱を弱めることはできたが、完全に打ち消すまでには至らない。

「第五章、停止の記述による魔術を実施」

けれどそこに違う声が連なる。その魔術は叶の魔術の侵攻を止め、分子の振動を止め、氷雪の魔術を後押ししてその目的を完遂させる。それもまた違う少女の姿をした魔導書。かつて司が回収し所蔵したその一冊。

「ニーサマ、所蔵するその魔導書の全ての召喚が終わりました」

「…………おう」

気が付けば司とシロの周りには数十人にも及《およ》ぶ少女たちの姿。それはシロの魔術によって保管された場所から召喚された…………その全てが司の所蔵する魔導書。叶の強力な魔術に手が足りないと困った司の打った最後の手段。

手が足りないならば手を呼び出せばいい。叶の魔術がどれだけ強力だとしても、いくつもの魔導書がその魔術を重ね合わせれば対抗することはできる。

「…………ミコト」

もっともそれだけの魔導書を活動させれば司は数分と持たずぬ衰弱死する。けれど解決策はある…………召喚された魔導書の中にはつい最近回収されたばかりの少女の姿もちゃんとある。

「俺にありったけの生命力をくれ」

「命令を承諾しました」

頷き、ミコトと呼ばれた少女はこの場で最も生命力を保有する相手へと視線を向ける。生命の魔導書であるその魔術の本領を発揮するために。

「第一章、吸命の霧の記述による魔術の効果を拡大、範囲を縮小して行使します」

言葉とともにその体が青黒く燐光し、それと同時に叶の姿が濃厚な青黒い霧によって包まれていく。それは触れたものの生命力を奪う霧……叶へとグレイから供給されているその膨大な生命力を掠《かす》め取る。

「よし」

流れ込んでくる生命力によって気怠《けだる》かった司の全身に活力が戻ってくる。もちろんそのほとんどはこの場の魔導書の維持や魔術の燃料へと右から左に消えていくが……充分に動けるくらいの余裕はある。

「ミコトはそのまま魔術を維持。解除されたら随時再発動してくれ」

ミコトに指示を告げ、次に周りの魔導書を見回す。

「他の皆は自分たちを守りつつ、あの魔導書……叶の下まで俺とシロが辿《たど》り着く道を作ってくれ」

「命令を承諾しました」

「命令を受諾しました」

「命令を了承しました」

「命令を承りました」

「命令を………」

一斉に、魔導書たちが唱和するようにその命令を受け入れる。これだけの数の魔導書に個別の指示を出すことはできない………だからその自主判断に任せる。

後はそれを信じてやるべきことを果たすだけだ。


炎が、氷が、雷が、見た目によくわからないものが………地下空間を飽和するように飛び交う。司も初めて目にするような大規模な魔術合戦。叶が魔術を使えば司の魔導書たちがそれに対処の魔術を飛ばす、防ぎきれなければそれを逸らす。自身に余波が及べばそれから守る魔術をさらに行使する、対処しきれない魔導書がはいれば他の魔導書がそのフォローに魔術を飛ばす………自分たちを守れ、その命令に従って。

そしてもう一つの命令も彼女たちは違《たが》うことなく遂行する。命令されたが故に自分たちの身は守る、しかしそれ以外のリソースは全て道を作ることに割《さ》いていた。魔術を中和し、無理なら逸らし、決してその歩みが止まらぬように道を切り開く。

「ニーサマ、あと少しです」

「ああ」

走る。走る。走る。

ただひたすらに真っ直ぐに叶に向かって走る。

「無作為に選択された記述による魔術を行使」

その視界の向こうで叶が魔術を発動する。

視界を埋め尽くすような氷の槍《やり》。

波打つようにのたうつ地面。

虚空《こくう》から降《ふ》り注《そそ》ぐマグマ。

空間に空いた穴のようなこちらを呑もうとする漆黒。

どこからか無数に伸びてくる口の付いた掌。

その全てに怯みそうになる気持ちを押し殺して、止まることなく走る。その全てが彼の命令を受けた魔導書たちによって防がれることを信じて……そしてその信頼は確かに報われている。叶の放つ魔術はそのいずれも司の下には辿り着いていない。

「叶《かな》っ！」

あと、十歩。司の目の前で氷の竜巻が霧散する。眼前にその姿がはっきりと見えた。無表情に淡々と、こちらに魔術を放つその姿。普段の感情豊かなその顔とまるで違う表情。

「叶」

あと、六歩。その姿にか細い声でシロが呟く。いつも通り淡々と無表情に、今の叶と変わらぬ表情のはずなのにそれはどこか寂し気に聞こえる…………突如として崩れた天井が宙で静止して、その下をシロは通り過ぎる。

「叶っ！」

あと、三歩。もう一度叫んで司はその手を伸ばす…………その瞬間にその手が下がる、体の動きが鈍る、踏み込む足が地面へとめり込む。重力操作による加重。即死するほどではなかったのは幸いか、それともこれが助けがあって弱められた故の効果か。

「ぐ、この…………」

いずれにせよ目の前で留まっているような時間はない。この近距離であれば叶の魔術への魔導書たちの対処はどうしても遅くなる。次の魔術を叶が発動するよりも早くそこに辿り着かなくてはならない。

「シ、ロ」

「はい、ニーサマ…………シロは大丈夫です」

その返事を聞きながら一歩。鉄球でも縛り付けられたかのような足を踏み出す。

さらに一歩、

「無作為に選択された記述による魔術を行使」

この重力の中でも明瞭に聞こえるその言葉の中で…………もう一歩。

「ゴール、だ」

その魔術が発動するよりも早く、
その手が叶に届く。


気が付けば司は真っ白な空間の中にいた。魔導書と自身の精神をリンクさせることで入り込める精神世界。魔導書のその中枢ともいえる場所…………そこにあるのは一冊の本。魔導書の本体とも命ともいえるような知識の塊。

「さて、鬼が出るか蛇が出るか」

その本に向かって司は一歩踏み出す。ゴール、さっき思わず司はそう呟いたがあれはあくまでここに辿り着くまでのゴールだ。ここからあの本までがまた新たな道程《みちのり》。

「不正な接触を確認しました」

　そしてその予想を肯定するようにすぐさま声が響く。淡々とした無機質な声。けれどそれは間違いなく叶の声だとわかった。

「規定された行動に則《のっと》り侵入者を排除します」

　続く声とともに真っ白な空間に無数の黒い穴が出現していく…………いや、穴じゃない。それは鋭い先端をこちらへと向けた漆黒の三角錐。それが何のために現れたのかは考えるまでもないことだ。

「シロ！」

「精神干渉の記述による魔術を実行」

　そのシロの返答とほぼ同時に黒い錐《きり》は一斉に司を貫かんと放たれる。

「ニーサマ、急いでください」

「わかってる」

　言うが早いか司は本へと走る。黒い錐はそんな司に容赦なく降り注ぐが、シロの魔術の効果かその直前で軌道が変わり、霧散する。それでも黒い錐は次々と生まれて司に向かってくるが幸い本までの距離は元からそう遠くない…………それほど時間もかからずに本の前まで司は到達する。

「ぐ⁉」

不意に走った鈍い痛みに視界がぐらつく。

「検閲《けんえつ》の記述による魔術を実行」

即座にシロの声が響く。蒼空叶の魔導書の中枢であるその本は最初から開いていた。意図してのことなのか知らないが、事前に準備する余裕もなかった司にとっては罠《わな》のように働いたらしい。しかし今は検閲の魔術のおかげで真っ黒なページが開いてるように見えるだけだ。

「…………急がないとな」

本を手に取り司はページをめくる。黒い錐はやむことなく降り注いでいる。今はシロが防いでいるが、効果がないと判断すれば別の方法に切り替えてくる可能性もある。

しかしここまで来ればやることは単純だ。まずは所有者の署名をグレイから司に書き換えてやればいい…………その後でゆっくりと叶を元に戻す方法を読み解けばいいのだから。

「ない、だって…………⁉」

しかし司は愕然とする。この本には表紙がない。裏表紙もない。めくってもめくってもその手にあるページはループするように最後まで辿り着かない。故に魔導書なら必ずあるはずの署名欄がなく、それどころか目次のページすら見当たらない。検閲。検閲。検閲。ひたすらにこの世ならざる知識が記された真っ黒なページが続くだけだ。

「…………目次がないから無作為なのか」

そこに記された魔術自体には何の目的もなく、いわば耐久試験のような意図で魔術の知識を詰め込んだとグレイは言っていた。だから目次は必要なくそこに記されたこの世ならざる知識は整理整頓されていない。それで叶は無作為にそこから記述を選んで魔術を使うのだろう。

「ですがニーサマ、署名欄は必ずあるはずです」

「わかってる」

答えながら司はページをめくる。けれど検閲。検閲。検閲。認識することのできない真っ黒なページばかりが開かれる。しかしあるはずなのだ。叶が魔導書としてグレイの命令に従っている以上は、その所有者としての署名がされたページが。

「不正な接触から一定時間が経過しました」

焦《あせ》り始める司の耳に再び叶の声が響く。

「規定により排除行動の第二段階に移ります」

それもあまりよろしくない内容で。

「ニーサマ！」

珍しく焦ったようなシロの声。見やれば黒い錐の雨はやんで…………代わりに白い空間が黒に侵食されるように狭《せば》まっている。直接狙って駄目なら確実に仕留める。そんな意図が見るだけで伝わってくる。

だが、落ち着けと司は自分に言い聞かせる。検閲。検閲。検閲。ひたすらに続く真っ黒なページをめくる手も止めた。焦っても結果は好転しない。無作為な幸運で署名のページが見つかる期待は捨てるべきだ………必要なのは考えること。

「ニーサマ、急いでください」

「ちょっと黙っててくれ」

シロが繰り返した警告に司はそう返す。まず必要なのは目的の再確認。司は叶を元に戻すことが一番の目的であり、署名欄を探すのはその次善の策だ。そう、叶だ。この魔導書には叶の人格と記憶を記したページがあったはずだ。それが閉じられて叶はグレイの命令に従う魔導書になった………違う。

「閉じるとは言ってない」

あの時グレイはそうは言わなかった………そもそも、そもそもだ。この真っ黒なページの中に叶のページがあるとは思えない。めくってもめくってもかわらない検閲された真っ黒なページ。濃厚なこの世ならざる知識。その中に叶の人格を記したページが交ざっていて、その影響を受けないとは考えられない。

「………裏返れ」

グレイはそう言ったのだ。しかしこの本には表紙もなく背表紙もない。裏返すところなんてどこに………ふと思い立って司は本のページを摑む。背表紙も裏表紙も存在しないのはそれが最初と最後のページがくっついてしまっているからだ………それはつまり、この本は開くことができるのではないだろうか？　その発想は正しく、司が引っ張ると本が展開する。開かれた本のページは繋《つな》がって円状に広がる。それを司は…………裏返した。

「正解か」

不意に黒の浸食が消えて、再びそこは終わりの見えない白い空間に戻っていた。恐らくは中枢である本を守るその機能もさっきまで表だったページに記されていたのだろう…………それが裏返されたことで機能停止したのだ。

「ニーサマ、防衛機能の気配が消えました」

それを肯定するようにシロの声が響く。

「一旦《いったん》戻りますか？」

「いや、このまま署名欄を探す」

叶を元に戻す方法はわかったが、このままではまたグレイの言葉一つで元の木阿弥《もくあみ》だ。その対策にはやはり署名欄を書き換えてしまうのが一番いい。


そのために、蒼空叶のページを読まなくてはいけない。

それは正に蒼空叶という人間の記録とでもいうべき本だった。本人ですら意識して思い出せないような生まれた時の記憶。幼少の記憶。それらが細々《こまごま》と鮮明に、その時の感情とともに書き込まれていた。それらを目にするだけで蒼空叶という人間がどんな風に育って、どんな風に考えて、どんな風に成長していったかを司は追体験していく。

蒼空叶はごく普通の高校生の少女だった。特別な血筋や才能があるわけでもなく、公務員である真面目《まじめ》な両親の下に生まれた。そしてそのまま大きな不幸に見舞われることもなく順調に成長して良い友人にも恵まれた…………それは特別ではないが平穏で幸せな人生。

しかしそんな平穏の反動か彼女はいつしか毎日を退屈に感じ、刺激を求めて行動するようになる…………けれどそれすらも特別なことではない。なぜなら多かれ少なかれ誰しも同じようなことを感じているものだ。そしてその退屈を人それぞれに娯楽や趣味で解消している…………それが彼女の場合は少しばかリ自分に正直で、少しばかり行動力があり過ぎたから表立って見えてしまっているにすぎない。

ただ彼女が普通でなかったのは魔導書の素材として適した人間だったことくらい…………しかしそれすらも大きく特別なものではない。それは血液型が少し珍しい程度のことで探せば彼女以外にだって簡単に見つかったことだろう。

彼女は決して特別な少女ではなかった。

けれど様々な巡りあわせが…………彼女の運命を決定づけた。そしてその決定的な日の記憶も司は読み、追体験していく。

退屈な日常…………突然のアクシデント。望まない刺激であるグレイ。恐怖と絶望。

そして死

けれど記憶はそこで終わらずに再開する。そこからが魔導書としての叶の記憶。まるで何もなかったかのように戻る日常。退屈だと愚痴る叶…………そこに現れる司とシロ。怯え、驚き、困惑しながらもどこか楽しい刺激。司に対する感情の変化。それがまざまざと感じられて司は思わずため息を吐《つ》く…………そんなの思い切り吊《つ》り橋《ばし》効果じゃないか、と。

そして最後に辿り着いたのは今日の記憶。家で過ごした時間から教会での一幕。余計なことをシロに吹き込んだ記憶を彼女の視点からも確認する。そして墓地に辿り着いてからの恐怖と怯え。グレイとの再会から真実を告げられた時の絶望…………そしてグレイが裏返れと言った瞬間で叶の記憶は途切れていた。

後は白紙、白紙だけが続いている…………しかし何枚かめくったところでページが一気に飛んでぴたりと止まった。

蒼空叶の全てを記したこの本の主《あるじ》となるなら署名せよ

そのページにあったのはその一文と署名欄に書かれた検閲された黒塗りの名前。つまりはそれがグレイの本名で、名前すらも得体の知れない存在なのだと再確認する。そして司は迷わずその黒塗りの名前を消して、そこに自分の名前を書き込んだ。

やるべきことはこれで終わり…………司の視界が暗転する。

「よう」

気が付くと目の前に顔を真《ま》っ赤《か》にした叶の顔があった…………助けられた感動のせいだろうか。いずれにせよ今はそれを確認している暇はなかった。

急激に体が怠くなっていくのを感じる。魔導書の維持で生命力が奪われて衰弱していっているのだ…………叶の所有者が変更された時点でグレイからの生命力の供給は止まる。そして叶の維持にも司の生命力が使われるから、ミコトの魔術による生命力の吸収先がなくなってしまったのだろう。

「みんな助かった…………ありがとう」

いつの間にか周囲に集まっていた魔導書たちに司は声を掛ける。

「でもとりあえず休眠してくれ」

でないと死ぬ。

「命令を承諾しました」

「命令を受諾しました」

「命令を了承しました」

「命令を承りました」

「命令を…………」

先と同じように魔導書たちは唱和してその命令を承諾する。そしてそのまま崩れ落ちるようにその場へとへたり込んでその機能を休眠した…………その光景はひどく物悲しい。迷いなく従う彼女たちは道具そのものにしか見えないから。

「えっと、司！」

「悪い、後にしてくれ」

勇気を出すように叫んだ叶を司は軽く流して視線を向ける…………いつの間にかそこに姿を戻していたグレイへと。

「うん、なかなかに素晴らしい実験、だったよ？」

「ああそうかい」

司の長い人生の中でも魔導書を所有する熊と戦った時以来の最悪の戦闘だった。

「なら、何か見返りがあってもいいんじゃないか？」

「うん、見返り？　見返りならもうあげただろう？」

見返りとして質問に一つ答える、確かにそれにグレイはもう答えた。

「それはこの実験の分だろ………教会での実験に付き合った分もよこせ」

グレイが見返りの話を持ち出したのは叶の実験からだが、司は知ったこっちゃない。

「………いいよ、うん、いいだろう」

少し間をおいてグレイが頷く。

「ではなにが、聞きたい？」

「いや、質問じゃないのがいい」

尋ねるグレイに司は首を振り、

「手前の命をもらう」

そう、要求した。

「うん？　それは無理だ。うん、無理だよ？　命がなくなったら実験ができない。実験ができなければ私の目的が果たせない。うん、駄目だ。それは駄目だとも」

「なら、勝手に貰《もら》うさ」

呟き、司は剣を強く握ってグレイへと走りだした。生命力は枯渇寸前で走るだけでも意識が薄らいで倒れそうになる…………しかしその意思は揺らぐことはなかった。薄れそうになる意識を繋ぎ留め、崩れそうになる足をしっかりと大地を踏み走らせる。

司は覚えている。あの恐怖と絶望を。今しがた追体験したその記憶と感情を。叶の表情の中に隠れた恐怖と不安を…………だから、やる。するべきことを果たす。今自身が衰弱していようと、グレイがどれだけ得体が知れない存在だろうが関係はない。

「意味がない。うん、それに意味はないよ？」

目の前に迫る司を不思議そうにグレイが見る。

「そうかい！」

構わず司は全力で振りかぶり、その手に握る剣をグレイの首筋へと叩き込む。それにグレイは避けるそぶりすら見せず、そのままその首を斬《き》り落と…………すことはなく、直前で刀身がごっそりと消え去って空を斬る。

「だからどうしたっ！」

一度やられたことなら驚くことではない。司は剣を放り捨てると空になった拳《こぶし》を強く握りしめてグレイへと振りかぶる。躊躇《ためら》いはなかった。たとえ自分の手が剣と同じ運命を辿ろうとも構わないと、残る力の全てをつぎ込んで拳を叩きつける。

「…………」

自身に迫る拳を見つめるグレイは困ったように、躊躇うようにその表情を歪める。彼にとって司は貴重な実験の対象。その腕を消失させてしまうことは実験の阻害になると考えてしまったのかもしれない……司には知ったこっちゃないが。

ゴッ

鈍い感触とともにグレイの体が撥《は》ね跳ぶ。それで正真正銘最後の力を使い果たして司はその場にゆっくりと崩れ落ちた……その向こうでグレイが何度も地面に叩きつけられながら無様《ぶざま》に転がっていくのが見えた。受け身を取ることもないその姿はまるで子供に投げられた玩具の人形のようで少し胸がすっとする。

「だからうん、意味はないよ？」

けれどすぐにグレイは立ち上がった……何事もなかったように。その服や肌は土で汚れてはいるが、本人には殴られたことによる影響など何もないように見えた。

「はっ、知ってるよ」

しかしその光景に司は絶望しない。最初からなけなしの全力で殴りつけた程度でグレイが殺せるなんて司は思っていない……そのつもりなら余力はこちらに回させている。

「けどまあ、俺は一人じゃないからな」

魔導書の所有者であるがゆえに。

「はい、ニーサマは一人ではありません」

グレイの背後から、シロは答える。意味はなくとも司の行動は無駄ではない。少なくともシロが休眠した魔導書たちから残っていた生命力を回収し、グレイの間近まで接近するだけの時間と隙を司は作ったのだから。

「ふむ、実験かな？　うん、また実験をするのかな？」

「煩《うるさ》いです」

振り返らずに呟くグレイをシロは一言で一蹴する。

「シロもあなたには早く消えてほしい……そう、思います」

そして呟き、その言葉を実行するべく自身に記された魔術を起動する。

「黒の記述による魔術を実行」

言葉とともにシロの体が一瞬暗い闇《やみ》に覆《おお》われる。そしてその姿が現れると同時に今度はグレイの姿が闇に覆われて消えた。保有する全ての生命力、その意思、シロの中に記述された中でも最も効果の高いと思われる知識。その全てを駆使した今実行できる最大の魔術。

その効果は単純にして簡潔。対象になった相手は闇の中に消える……その先は誰も知らない。相手がどうなったのかも死んだのかも誰にもわからない。あるのは相手が消え去ったという結果だけ。それが魔術と言うものなのだから。

「…………」

闇が消えて、そこにあったグレイの姿が消えていることを司は確認した。

そしてそれを最後に、司の意識も薄れて闇へと消えた。

エピローグ

epilogue

book texts fragments manuscripts

気が付くと司《つかさ》は地面に寝かされていた。しかし頭には柔らかい感触。目の前には自分をじっと覗《のぞ》き込むように見下ろすシロの顔…………どうやら司はシロに膝枕《ひざまくら》されているらしい。

「あー、ありがとなシロ」

「はい、ニーサマ」

シロが頷《うなず》くのを確認してから司は体を起こす。まだ体は怠《だる》いが起き上がるのには問題ないくらいには回復していた…………起き上がった司と空《あ》いた膝《ひざ》の上をシロがなぜか交互に見ているが、それが寂《さび》しそうに見えるのは気のせいに違いない。

「あら、ようやく王子様のお目覚めね」

聞き覚えのある声。見やればそこにはサラが立っていた。

「サラ…………さん？」

なんでここにと言うように司はサラを見る。

「移送中の魔導書がいきなり消えれば探しに来るものですよ」

苦笑してサラが答える。

「いやでも場所……」

「研究は保護のための名目だけど成果も出ていることはあなたも知っていますよね？　管理下にある魔導書の位置くらいわかるようになっています」

そしてそれを辿《たど》ってここまでやって来たらしい。

「まさかミコトちゃんだけじゃなくて所蔵する全《すべ》てを召喚してたのは予想外でしたけどね」

辺りで休眠している魔導書たちを見回してサラは苦笑する。

「こんなことがばれたらさすがにただでは済まないですよ？」

「………あ」

司が大量の魔導書の所蔵を許されているのは穏健派による研究という名目があるからだ。それ以外の目的で使用したとなれば当然糾弾の対象となる。

「俺《おれ》はどれくらい寝てた？」

「三十分ほどです」

シロの答えに司は思案する。ニアはある程度時間が経《た》ったら自分たちもここに突入すると言っていた。それについて具体的な時間の取り決めはなかったが、教会を出た時間から考えればもういつやって来てもおかしくない時間ではある。

「とりあえず連絡を取って時間稼ぎを………いや、それよりさっさと送還した方が早いか」

回復しきっておらず回らない頭を司は必死で巡らせる。

「心配しなくてもあと一、二時間は来ませんよ」

そんな司にサラが言う。

「ここに来る前に手を回してニアさんたちは足止めしておきました」

さらっとそんなことを述べながらサラはニコニコとした笑みを浮かべる。

「え、どうやって……」

「私たち穏健派は少数ですから、それなりに政治力がないと生き残れないんですよ？」

答える代わりにサラはそんなことを言う。

「………助かります」

深くはつっこまず司は礼を言うに留《とど》めた。多分だがニアの機嫌はかなり悪くなっていそうだ。

「まあ、確実にその間安全ってわけでもないですから早めに対処はしておいてくださいね。私もミコトちゃんを連れてもう行きますから」

そう言うとサラは休眠状態のミコトをすっと抱き上げる。

「もう行くんですか？」

「ええ、司君が目覚めるのも確認できましたしね」

本来サラはこの場にいる人間ではない。その理由を聞かれれば司が魔導書を召喚したことに気づかれる可能性もある。

「ああそうだ、重要なことを聞いていませんでした」

立ち去ろうとしたサラだが思い出したように足を止める。

「なんですか？」

「あらましはシロちゃんから聞きましたが……………叡智《えいち》の書の総帥《そうすい》は死んだんですか？」

「…………あれで生きているのなら人間とは言えません」

「なるほど」

司の答えにサラは小さく頷く。

「当分は様子見ですね」

生き延びているのならグレイはまた活動を再開することだろう。

「では今度こそ行きますね」

「はい、ありがとうございました」

「いえいえ、お互いさまですよ」

ニコニコと手を振ってサラは去っていく。

「…………ふう」

その後ろ姿を見送って司は息を吐く。

「あー、待たせたな叶《かの》」

そしてずっとこちらを何か言いたそうに見ていた相手へと声を掛ける。

「…………気づいてたんだ」

「そりゃね」

サラも時折楽し気に視線を向けていたし。

「それで?」

「………聞きたいことがあるの」

答えるその顔はなぜか赤い。

「なんで、あんなことしたの?」

「………あんなことって?」

「あのグレイって奴《やつ》になんで向かって行ったのか聞いてるの!」

叫ぶように叶は答えた。

「どう考えても無謀だったじゃない!」

「いやまあ、そうだけど」

司の体力に生命力は枯渇《こかつ》寸前で召喚した魔導書は全て休眠状態。対してグレイはなんの消耗もしておらずその力は得体が知れない………どう考えても戦いを挑むべき状況と相手ではなかった。

「それに、妹さんのこと………聞かなくてよかったの?」

「………」

司の目的の一つはグレイに攫《さら》われた妹の結末を知ることだ。そしてそれを知るのにグレイ本人ほど適した存在はいない。

「妹のことは別にあいつからじゃなくても知れるさ」

時間はかかるかもしれないがそれは今更の話だ。

「でも」

「それにあいつに頭を下げて教えてもらうなんてマネはしたくなかったしな」

司は苦笑して叶を見る。

「それにスカッとしたろ？」

「それは……うん。司があいつをぶん殴った時はスカッとした」

「ならよかった」

司はほっとしたように胸を撫《な》で下ろしてみせる。

「……もしかして、そのために？」

「ああ」

司は頷く。

「責任は取るって言ったからな……あんな気持ちのままじゃ元の日常になんて戻れないだろ？」

息の根までは止められたかまだ分からないが、叶がスカッとしたのだというのなら一番の目的は果たすことができた……それに司自身も少しは気分が晴れた。これくらいで区切りにはならないが少しは前向きに今後を考えることもできるかもしれない。

「…………あんな気持ち」

叶が小さく呟《つぶや》く。

「それで叶、お前はこれからどうする？」

司が尋ねる。

「どうするって？」

「いやほら、色々知りたくないことも知っちまったけど…………明日から今まで通りの生活に戻ろうと思えば戻れるからな」

シロが話さなかったから教会は叶が魔導書であることを知らない。司たちですらグレイに明かされるまで叶が魔導書だと気づかなかったくらいだ、このままごく普通に暮らすのなら多分気づかれることはないだろう。

「それにそれがお前の望みだったはずだろ？」

司に問われて元の日常に戻ることを叶は選んだはずだ。

「あの時とは……事情が違うよ」

叶はまだ自分のことを知らなかった…………結局のところ全ては対岸の火事で、自分はそれを楽しむ不謹慎な傍観者でいられると思っていたのだ。

「別に大した違いはないさ」

けれど司はそれに首を振る。

「俺がお前の所有者である限り蒼空叶のページが閉じられることはない………同じ魔導書であるシロですら気づかなかったほどなんだ。教会の連中をだまくらかすことなんて難しくない」

そのページが閉じられない限りは叶は普通の人間と相違ないのだから。

「司が………私の所有者である限り?」

「ああ、そうだ」

そして司が叶のページを閉じることはない。

「それなのに、私を置いていきたいんだ」

「それが一番お前に望ましい選択肢だと思う」

あんなこと全部忘れてしまった方がいい。平穏に暮らせるならそうするべきだ………しかし叶の言葉の少しのニュアンスの違いに司は気づいてはいなかった。

「責任、取らないつもりなんだね」

「いや、だから元の日常に………」

「私を自分の物にしたくせに」

「え」

その言葉に驚いて司が叶を見ると、彼女は顔を真《ま》っ赤《か》にしていた。

「私の恥ずかしいところも知られたくないところも全部読んで………その上私に名前を刻み

つけて自分の物にしちゃったくせにその責任を取らずに逃げるつもりなんだ！」

「え、いや、それは………」

確かに読んだし、署名もしたけれど………読んだのは署名欄を探すために必要だったからだし、グレイの名前を消しても所有者が空白ではいつ誰《だれ》に奪われるかだってわからない。

「ニーサマ」

動揺する司にシロが声を掛ける。

「シ、シロ」

「責任はちゃんととるべきだと、シロは思います」

「………」

助けを求めるような司の視線に、シロはいつも通り無表情に淡々と言葉を返した。どことなくそれが冷たいように感じるのはきっと司の気のせいじゃない。

「私を読んだ責任、絶対に取ってもらうんだからね！」

何もないその地下空間に叶の渾身《こんしん》の声が響く。

かつて切望した刺激は退屈どころか自分の人生すら壊してしまった。

戻れたはずの日常はもうない。

戻れないことを叶自身が理解してしまっているから。

だけど、別の日常なら始めることはできるのだ。

「絶対に、逃がしてやらないんだから!」

果たしてその責任がどう果たされるのかはまた……別の話。

あとがき

初めましての方は初めまして、そうでない方はお久しぶりです。まずはこの本を手に取って頂いたことに感謝を、手に取っただけでまだ未購入だという方はこのまま購入して頂けると筆者が幸せになれます（テンプレ）。

さて、あとがきを書きながらふと著者プロフィールを見直したら何か見ようによってはこの巻が最終巻っぽいことを書いていたことに気づきました。なので一応ここでご説明を。著者プロフィールのあれは私が物語を書くにあたっての指針のようなものです。

あくまで個人の意見ですが私は物語の締めとして主人公たちが不幸になっているのは好ましくありません……まあ、私のハッピーエンドの基準は主人公たち主要人物が幸せになってればいいよねということなので、モブはたくさん死んでたり世界は崩壊してたりするかもしれませんがそれはそれです。あくまで最終的な締めがハッピーなだけでそれに至る過程で過酷な運命に苛《さいな》まれることも多いでしょうがそれはそれです。つらい運動をした後の方が水が美味しかったりするようなもんだと思ってください。

と、話が妙な方向に行きましたし今作の話でも。今回のお話の設定ですが発想の元はクトゥルフ神話となっております。クトゥルフ神話ではいわゆるＳＡＮチェックというのが有名だと思いますが（正確にはＴＲＰＧにおいて）具体的にそれはどういうことよという疑問から自己解釈（屁理屈）した結果が今作における設定の根幹となっております。まあ、設定に直接の繋がりはありませんし、それっぽい雰囲気を目指したものの書き上げたらまるで別物になってるのであくまで参考程度のものだと思って頂いた方がよろしいかとは思います。

さてまだページが余っているので今作における苦労話など………と、言っても苦労したなあと思うような点はあまりないです。ですが強いて印象に残っているのは著者校正における好ましくない漢字や単語の修正ですかね。今作の設定や話の展開及び登場人物的にあまり好ましくないとされる漢字や単語なんかをそれなりに使ってたわけですがそれぞれ修正しました。別にそれが嫌なわけではないのですが「彼と人喰いの日常」ではＯＫだった漢字が駄目になってたりしたので時代の流れかなあと思った次第です。まー、それ以外の誤字脱字の方が大量にあって苦労したのでそちらの方が反省点ですね。いい加減しっかりしないとです。

そんなわけでそろそろ書くネタもなくなってきたので締めに入ります。今作の刊行に当たって協力して頂いた絵師のうなさか様、担当様にまず多大な感謝を。特に毎度絵師の方々には私の拙いキャラ描写をしっかりとした形にして頂いて感謝の極みでございます。うなさか様も今後ともよろしくお願い致します。

そして最後にもう一度この本を読んで頂いた皆様に感謝を。

ありがとうございました！

ファンレター、作品の
ご感想をお待ちしています

〈あて先〉

〒106－0032
東京都港区六本木2－4－5
ＳＢクリエイティブ（株）
GA文庫編集部 気付

「火海坂 猫先生」係
「うなさか先生」係

本書に関するご意見・ご感想は
右のQRコードよりお寄せください。

※アクセスの際に発生する通信費等はご負担ください。

http://ga.sbcr.jp/

私を自分のものにした責任とってよね
～シロもそう思います～

発　行　　2018年4月30日　初版第一刷発行
著　者　　火海坂 猫
発行人　　小川 淳

発行所　　SBクリエイティブ株式会社
〒106－0032
東京都港区六本木2－4－5
電話　03－5549－1201
03－5549－1167（編集）

装　丁　　FILTH

印刷・製本　中央精版印刷株式会社

ISBN978-4-7973-9381-1
Printed in Japan　　GA文庫

暗黒騎士の俺ですが
最強の聖騎士をめざします
著：西島ふみかる　画：ももしき

「俺は世界最強の聖騎士《パラディン》になる！」「は？　お兄、暗黒騎士でしょ!?」

カイは、暗黒系エリート一家で育った生粋の暗黒騎士。王国屈指のレベルに達したカイは更なる高みを知るため、神聖ジョブを育成する学園で最強の聖騎士をめざす!?　盾が使えず、神聖魔法を唱えれば気絶するカイだったが――「もう少しで……手が届く！」――決死の覚悟で聖騎士の特訓に明け暮れる。

そんななか行われた演習中、級友が謎の集団に襲われた時、カイの真価が発揮される。聖騎士スキルを身につけた暗黒騎士の凄まじさとは??

「では、存分に――死合《しあ》おうか！」

最強の聖騎士をめざす、常識はずれな暗黒騎士の物語、ここに開幕！

透明勇者のエンジョイ引退生活！
～魔王を倒した元勇者、透明化スキルで気ままに人助け～

GA文庫

著：秋堂カオル　画：ハル犬

魔王を倒し、辛い使命から解放された最強の勇者ウォルター。

そんな彼に女神から与えられたご褒美はなんと、誰からも見えなくなる《透明化》スキルだった！

「これから先、女湯が覗き放題じゃねぇかぁぁぁぁっ！？」

能力を駆使して楽しく暮らしたいウォルターの周りには心優しい領主の少女、おバカな聖剣。半人半魔の娘に元勇者パーティの女賢者など、個性的なメンバーばかりが勢揃い。更には元魔王軍の幹部さえも巻き込んで、透明勇者は気づかれないのに大活躍！　ひっそりこっそり大胆に、引退生活を楽しむ元勇者の異世界ファンタジーコメディ、ここに開幕！